# 길 위의 책

## 〈푸른문학상〉 청소년소설 부문 수상작, 더 읽어 보세요!

푸른도서관 12

# 길 위의 책

초판 1쇄 / 2005년 12월 30일
초판 10쇄 / 2016년 5월 30일
지은이 / 강 미
펴낸이 / 신형건
펴낸곳 / (주)푸른책들
등록 / 제321-2008-00155호
주소 / 서울 서초구 양재천로7길 16 푸르니빌딩 (우)06754
전화 / 02-581-0334~5 팩스 / 02-582-0648
이메일 / prooni@prooni.com 홈페이지 / www.prooni.com
카페 / cafe.naver.com/prbm 블로그 / blog.naver.com/proonibook

글 ⓒ 강 미, 2005

ISBN 89-5798-037-7 03810

이 도서의 국립중앙도서관 출판시도서목록(CIP)은 e-CIP홈페이지(http://www.nl.go.kr/ecip)와
국가자료공동목록시스템(http://www.nl.go.kr/kolisnet)에서 이용하실 수 있습니다.
(CIP제어번호: CIP2008001660)

●제3회 푸른문학상 수상작●

# 길 위의 책

강 미 지음

푸른책들

# 차례

이월

너여서 기뻤다는 말은 삼켰다

필남은 초록색 쪽문을 열었다. 외투 사이로 매운 바람 한줄기가 들어왔다. 잠시 멈추어 서서 단추를 여미는 동안에도 바람은 계속 달려들어 필남의 두꺼운 안경 렌즈에까지 타닥타닥 흙먼지가 부딪혔다.

모퉁이를 도는 감색 차를 본 순간, 뒤편에서 철문이 큰소리를 내며 닫혔다. 필남은 문이 제 가슴에 치어 받히기라도 한 듯화들짝 놀라며 어마, 소리를 내질렀다.

구입한 지 이미 십 년이 넘은 구형 엘란트라에서 김상사와 진주댁이 내렸다. 김상사가 가게 셔터를 올리는 동안 진주댁은 차 트렁크에서 짐들을 꺼냈다. 한 아름 되어 보이는 대파를 빼고는 검은색 비닐 봉투에 담겨진 채로 바닥에 부려졌지만 내용물은 알 만했다. 찬 물방울을 달고 쿨렁거리는 것은 생선이나 해산물이 분명하고, 봉투가 빵빵하도록 들어찬 것은 콩나물일 것이다. 바닥의 짐들을 다시 집어 들던 진주댁이 그때에야 필남을 보고 말했다.

"어디 가나? 오늘부터 봄 방학이라면서."

"학교에, 도서반 모임이 있어."

"뭐라카노! 좀 크게 말해 바라. 피죽도 한 그릇 못 얻어묵은 아처럼 그라지 말고."

필남은 감색 엘란트라 건너편에서 학교에, 라고 다시 말했다. 그러고는 진주댁이 뭐라 말하기 전에 누구에랄 것도 없이 다녀오겠습니다, 라고 인사한 뒤 서둘러 걸음을 뗴었다. 필남의 뒤통수에 저 가시나는 만날 머가 그리 바쁘노, 라는 김상사의 굵은 음성이 꽂혔다. 하지만 필남은 탄알을 피해가듯 고개를 외로 꼬며 빠르게 걸었다.

필남은 백점 노래방과 샴푸 미용실, 유끼 숙녀복을 지나쳤다. 엑스파일 피시방 앞에 놓인 오락기 앞에는 예닐곱 살 정도의 꼬마들이 부지런히 손을 놀리고 있었다. 모드니에 화원을 지나던 필남의 눈이 휘둥그레졌다. 가게 앞에 줄느런하게 놓인 울긋불긋한 화분 때문이었다. 겨우내 비닐하우스에서 미리 키

웠을 그 꽃들은 온통 무채색인 겨울 거리를 단번에 화사함으로 채우는 힘을 가지고 있었다. 필남은 그 봄의 전령사들에게 시선을 비끄러맨 채 아주 천천히 걸었다. 이월의 햇살에 반지르르 빛나는 잎과 꽃을 보자 신기함과 기쁨으로 마음이 출렁거리는 것 같았다. 하지만 매운 바람 한줄기에 필남의 표정이 이내 얼크러졌다. 온몸을 흔드는 얇으리한 꽃잎들이 추위에 얼 것 같아 불안했다. 필남은 분갈이에 열중인 주인아저씨께 꽃들을 안으로 옮기라고 말하고 싶었다. 그런데 주인아저씨는 예쁘지, 라는 말만 건넬 뿐 전혀 걱정하는 얼굴이 아니었다. 오히려 주인의 느닷없는 말에 놀란 필남이 말 한 마디도 못 하고 골목으로 접어들어 버렸다. 나쁜 짓 하다 들킨 것도 아닌데 괜히 가슴이 콩닥거렸다.

언제부터인지 모르지만 필남은 이웃은 물론 학교 친구나 가족까지도 일대일로 마주 서는 게 부담스러웠다. 이상하게 말이 버벅거리고, 행동은 후줄근해지는 것 같아 얼른 자리를 피하게 되었다. 필남을 버림치같이 생각하다가 어느 순간 문득 관심을 드러내는 사람들, 그러다가 다시 잊고 마는 사람들이 싫었다. 그래서 필남은 지치도록 바라봐도 가만히 있어 주는 꽃이나 나무가 좋았다. 꽃이나 나무 앞에서는 숨이 편안하게 쉬어지고 아무리 오래 앉아 있어도 싫증나지 않았다.

골목은 두 사람이 나란히 서서 갈 수 없을 정도로 좁았다. 하지만 버스 정류장으로 가는 거리를 반으로 줄일 수 있어 필남은 물론이고 내남없이 다니는 지름길이었다. 골목길을 걷다보면 열린 대문 사이로 시멘트 바닥을 도는 세발자전거를 볼 수도 있고, 현관 가에 무심히 앉아 있는 노인의 눈과 부딪치는 때도 있었다.

육거리의 버스 정류장에 도착한 필남은 선 채로 가방을 내렸다. 지갑을 꺼내 교통카드가 있는지 확인했다. 그 사이에도 고추바람은 멈추지 않고 흙먼지를 일으키며 여민 옷과 머리카락 사이로 숭숭 들어왔다. 기다리는 버스는 오지 않고, 눈앞이 흐릿해졌다. 필남은 안경을 벗어 눈에 바싹 들이대고 보았다. 흙먼지로 뿌예진 렌즈를 입으로 훅훅 불어보았지만 아무 소용이 없었다.

✳

필남은 버스에서 내렸다. 멀리 학교가 보였다. 지금은 붉은 벽돌색으로만 보이지만 봄부터 가을까지는 담쟁이덩굴로 뒤덮이는 건물이다. 담쟁이는 매년 무성하고 푸르러 '혜원여고'의 오랜 역사와 전통을 더욱 빛내 주고 있다. 혜원여고는 30년

전 천주교 재단에서 설립한 이래 이 도시 최고의 명성을 자랑하는 학교다. 고교 평준화 이후 다소 주춤거리긴 하지만 여전히 학교 서열의 척도인 의대와 서울 소재 명문대 진학률이 다른 학교에 비해 월등히 높다. 뿐만 아니라 학생 자치활동을 강조하는 건학 이념에 따라 동아리나 봉사활동도 단단하게 뿌리내린 곳이기도 해서 안으로는 자부심이, 밖으로는 부러움이 공존하는 학교다.

둥글게 말려 올라가는 바람 줄기에 필남의 외투 자락과 바짓가랑이가 펄렁거렸다. 필남은 고개를 숙인 채 담벼락을 따라 걸으며 생각에 잠겼다. 오늘, 혜원여고 도서반인 '백련' 모임이 열린다. 백련의 전통상 이미 졸업식을 치른 13기와 3학년이 되는 14기가 15기 회장을 추천 후보 없이 무기명 투표로 선출하는 날이다. 선배들에 의해 뽑힌 회장은 부회장과 도서부장, 편집부장을 임명하게 되는데, 그 역시 초창기 때부터의 전통이라고 정현희 선생에게 들은 적이 있다. 백련 2기 회장 출신인 그녀는 현재 백련의 지도 교사이기도 하다.

필남이 동아리에 원서를 낸 것은 많은 부분 정현희 선생의 권유에 힘입어서였다. 첫 국어 시간에 써냈던 '자기 소개서'를 읽은 그녀는 필남에게 후한 점수와 함께 백련 가입서를 내밀었다. 멋모르고 원서를 내긴 했으나 필남은 지원자가 너무 많다는 것에서, 그것도 학교의 브레인들만 모였다는 것에서 일찌감치 주눅이 들어 있었다. 열 명에 포함되리라는 기대를 하기 어려웠던 건 면접 때문이기도 했다. 선배들이 감상을 말해 보라는 책은 제목조차 처음 듣는 것이었고, 동아리 지원 동기도 떠듬떠듬 어눌하게 대답했다. 그 때 필남은 뒷자리에서 질문 없이 듣고만 있는 정현희 선생에게 부끄러운 생각과 원망하는 마음이 동시에 생겼다. 짧은 머리와 검정 원피스의 그녀 또한, 수업 시간과는 달리 표정 없고 냉랭하게 필남을 내려다보는 것 같았다.

합격한 15기의 명단이 도서실 앞에 붙여지던 날, 필남은 자신의 이름을 몇 번이고 쳐다보았다. 명단에 이름이 빠진 애들이 14기 선배에게 떨어진 이유를 밝혀 달라고 따지고 있었다. 그들은 의심의 눈길로 필남을 째려보기도 했다. 하지만 합격 명단을 붙이던 선배는 잘못된 것은 없으며 선발 기준은 비밀이라는 말로 주위의 소란에 못을 박았다. 필남은 얼떨떨하고 어리둥절하면서도 혜원여고에 배정 받은 날보다 더 기뻤다. 자꾸 입이 벙글어지고 마음이 붕붕거렸다.

2층 동편 끝의 도서실 문 앞에서 필남은 잠시 숨을 가다듬었다. 지난 일 년은 너무 소극적으로 지냈다. 수업 시간에 제대로 발표를 해 본 적이 없고 수행평가를 위한 모둠 활동에도 적극적으로 참여하지 못했다. 동아리 활동도 마찬가지여서 늘 뒷자리에 앉았다가 시키는 일만 하고 조용히 빠져나갔을 뿐이었다.

필남은 며칠 전부터 올해는 좀 다르게 살자고 마음먹었다. 아침에 눈을 뜨면 자신에게 끊임없이 주문을 걸었다. 이제 신학기면 후배들도 들어올 텐데 그들에게조차 무시당할 수 없었다. 필남은 의식적으로 구부슴한 어깨를 펴고 숨을 크게 내쉬었다. 미닫이문을 막 열려는 순간, 뒤에서 인기척이 느껴졌다. 겨자색 재킷에 청바지를 입은 나리가 성큼성큼 걸어오고 있었다. 필남은 애먼 일을 하다가 들킨 것처럼 대번 낯이 붉어졌다. 그 사이에 나리가 문을 열며 안녕하십니까? 라며 선배들에게 인사를 했고, 필남은 그 뒤에서 고개를 숙였다. 그 쉬운 인사말조차 입 언저리에서만 맴돌 뿐 공기 속으로 흘러보내지 못했다.

✳

처음에는 나리와 현지가 똑같은 표를 얻었다. 필남은 이왕이면 나리가 되었으면 좋겠다고 생각했다. 둘 다 사적인 말을 나누지 않았지만 현지는 어쩐지 냉정하고 도도해 보였기 때문이었다. 선생이나 선배 앞에서 깍듯하게 예의를 차리다가 돌아서선 언제 그랬냐는 듯 그들의 험담을 늘어놓는 것도 싫었다.

＊

학교 앞에서 점심을 먹었다. 13기 선배들은 밥값을 치르자마자 바쁜 듯 하나 둘 자리를 떴다. 교문 앞 플래카드에 이름이 오른 선배가 네 명이나 있었지만 그들 사이에도 급수가 있었다. 합격하거나 떨어지거나, 상위권 대학이거나 지방 대학이거나 해서 자기네들끼리도 어쩐지 서름서름해 보였다. 게다가 눈치 없는 후배들은 ○○의대와 ○○대에 간 선배 주위만 맴돌았다. 그들 옆에 있으면 가치가 같이 올라가는 것으로 생각하는 것 같았다.

15기는 노래방으로 가자, 게임방이 어떨까, 말들을 주고받으며 가장 늦게 분식집에서 나왔다. 거리의 주인은 여전히 고추바람이었다. 인적은 뚝 끊기고, 마른 채로 매달려 있던 플라타너스 잎이 바닥으로 내려앉아 이리저리 나뒹굴고 있었다. 그들은 모자를 덮어쓰거나 머리카락을 매만지면서 서로를 곁눈질했다. 어디로 가자며 앞장 서는 애도 없었다. 현지는 앞만 노려보고 있었고, 나리는 친구들 얼굴을 곁눈질할 뿐 선뜻 말문을 열지 않았다. 시들해진 분위기는 말하지 않아도 전달되는지 얼마 지나지 않아 하나 둘 흩어지기 시작했다. 필남도 무슨 약속이라도 있는 것처럼 등을 돌려 버스 정류장 쪽으로 걸음을 옮겼다.

집으로 가기는 싫었다. 지금 간다면 틀림없이 홀의 서빙이
나 설거지를 도와야 할 것이다. 남들은 공부만 하라고 한다는
데 진주댁은 필남이만 보면 일을 못 부려먹어서 안달이니까.
필남은 버스를 타는 대신 횡단보도를 건넜다. 바람이 부는 거
리 대신 아이쇼핑이나 할까 해서였다. 길 건너에 있는, 국내 굴
지의 기업이 운영하는 대형 할인매장은 심심할 때 둘러보기 좋
은 곳이다. 책 매장에서 만화를 뒤적이거나 음반 매장에서 샘
플 음악을 듣는 것도 좋지만 매장 사이를 천천히 다니면서 물
건들을 구경하노라면 두세 시간이 금방 지나가곤 했다.

할인매장 쪽으로 백 미터 정도쯤 가다가 필남은 승용차에서
막 내리는 나리를 보았다. 나리를 내려놓은 차가 필남의 옆을
미끄러지듯 지나갔다. 그때까지도 나리는 재킷 호주머니에 손
을 찌른 채 딱 버티고 있었다. 떠나는 차 꽁무니를 보고 있는
것도 같았고, 아무것도 보고 있지 않은 것 같기도 했다. 그런
모습이 무척 쓸쓸해 보인다고 생각하는 순간 필남과 나리의 눈
이 부딪쳤다. 필남은 나리의 눈길을 받으며 몇 걸음 걸어갔다.

이렇게 마주 선 게 어쩐지 처음이 아니라는 생각이 들었다.
아득한 오래 전인지, 얼마 전 꿈에서인지 지금과 똑같이 서 있
었던 것만 같았다. 길가에 늘어선 플라타너스와 앞을 막은 큰

건물이라는 배경도 그대로라고 여겨졌다. 필남은 설명할 수 없는 어떤 기운 속으로 빨려 들어가는 느낌으로 잠시 어지러웠다.

"아, 안녕."

나리가 먼저 인사를 건네자 필남은 손을 약간 들며 웃어 보이는 것으로 답을 대신했다.

"여기는 웬일……."

"여기는 웬일……."

필남과 나리가 거의 동시에 입을 열었다. 똑같은 소리가 흘러나오자 말을 끝맺지도 못하고 둘은 동시에 웃었다. 서로 후후거리는 모습을 보고 다시 웃고, 그 웃음을 멈출 수 없어 한참을 또 웃었다. 자연스럽게 나란히 걸으면서도 웃음은 계속되었다. 바람은 여전히 거리를 헤집었지만 그렇게 차갑게 느껴지진 않았다.

출입구 문을 열자 따뜻한 기운이 훅 끼쳤다. 렌즈에 김이 서리는 바람에 필남은 어쩔 수 없이 안경을 벗었다. 그러자, 눈을 한껏 찡그려도, 색은 색대로 모양은 모양대로 사방 모든 것이 뭉개져 보였다. 허방을 디디는 것같이 불안하기도 했다. 하지만 다행히 익숙한 장소라 어림짐작으로 매장 입구에 도착할 수 있었다. 필남의 손에 무언가가 쥐어졌다. 손수건이었다. 찡그린 눈 안으로 나리의 얼굴이 흐릿하게 보였다. 필남은 안경을 닦아 다시 꼈다. 뭉개졌던 색이 제각각 선명해지고 갖가지 물건들이나 글씨들이 제대로 보였다.

"시력이 많이 나쁜가 봐. 마이너스야?"

"응, 좀 많이……. 고마워."

"근데 여기 굉장히 넓네. 좀 얼떨떨하다. 저건 그냥 가져가면 되니?"

필남은 나리가 가리키는 곳을 보았다. 필남은 동전을 집어넣어 맨 앞에 있는 쇼핑 카트를 빼냈다. 첫 코너는 서적과 음반 매장이었다. 평소 같으면 필남이 가장 오랫동안 머무는 장소였지만 오늘은 지나쳤다. 나리가 살림도구가 필요하다고 해서였다. 나리는 이번 학기부터 자취를 하게 되어 옷이며 책은 이미 다 옮겨 놓은 상태라고 했다. 아빠가 곧 결혼하실 거거든. 내가 비켜 주는 게 여러 모로 좋을 거 같더라. 혼자 살고 싶었던 차에 잘 됐지, 뭐. 아까 차 봤지? 아빠랑 같이 쇼핑하기로 했는데 갑자기 약속이 생기셨대. 속상하고 막막했는데 널 만났지 뭐니. 나리는 남 이야기하듯 약간 수다스럽게 죽 늘어놓았다. 엄마는? 다른 형제들은? 호기심이 목까지 차올랐으나 필남은 고개만 주억거릴 뿐 아무것도 묻지 않았다.

필남이 밀고 있는 카트에 휴지와 세제, 목욕용품과 슬리퍼, 휴지통과 빗자루가 순서 없이 담겼다. 나리는 노란색을 좋아하는 것 같았다. 어머, 예뻐, 라고 감탄하는 거나 그래도 이게 낫지 않냐, 라며 필남의 동의를 구하는 것이 대개 노란색이었다. 나리는 특히 개나리색 토스트기와 연노랑 식기 세트에 대해 아주 흡족해하는 눈치였다. 나리가 수저며 행주를 고르는 동안 필남은 비상금 만 원을 염두에 두면서 위아래를 훑었다. 노란 손잡이가 달려 있는 작은 프라이팬이나 내부가 보이는 유리 주전자, 머그잔 정도는 살 수 있을 것 같았다. 필남은 수선화가 그려진 머그잔을 집어 들어 나리에게 보였다.

"예쁘다. 하긴 컵도 두어 개 있어야겠지?"

"마, 마음에 든다면 이건 내가 살게. 이사 기념으로, 그리고 이렇게 만난 인연으로."

필남은 머그잔 세 개를 내려 카트에 담았다. 그리고 그제야 생각난 듯 문득 말했다.

"참, 축하해. 회장 된 거."

너여서 기뻤다는 말은 삼켰다.

"고마워. 다들 욕심내는 자리였다는 걸 알기 때문에 좀 두려워. 잘할 수 있을지 걱정이네."

"선배들이 어련히 알아서 뽑았을라고."

"현지 표정이 심상찮더라. 내내 찜찜하네."

필남도 같은 걸 느끼긴 했다. 현지는 다른 날보다 명랑하게 말하고 큰소리로 웃었지만 어쩐지 어색해 보였다. 언뜻언뜻 스치던 차갑고 우울한 낯빛 또한 아직까지 선명했다.

"현지도 현지지만 모두 싱겁게 헤어진 것 때문에 마음이 편치 않아. 노래방에라도 갔어야 했는데, 아빠에게 바람맞을 줄 알았냐 말이지."

필남은 식당 앞의 스산한 바람과 애들 사이에 흐르던 썰렁한 분위기가 생각났다. 그때는 미처 몰랐는데 현지와 같은 방향으로 두세 명이 움직였던 게 떠올랐다. 어쩐지 예감이 좋지 않았다. 하지만 짐작만으로 말을 만들어낼 수 없어 필남은 카트만 밀 뿐 입을 닫았다.

❄

필남은 오전에 왔던 길을 되짚어 집으로 갔다. 버스를 타고 육거리에서 내린 다음, 골목길을 통해 꽃집 앞으로 빠지고, 다시 미용실과 노래방을 지나쳤다. 간판을 비추는 붉은 불빛들이 해거름의 어둠 속에 빛나고 있었다. 동생의 이름을 딴 '민국 식당'에서도 불빛이 새어 나오고 있었다. 필남은 재빨리 식당 앞을 지나쳐 초록색 쪽문을 밀었다. 하지만 문은 잠겨 있었다. 안채와 연결된 벨을 눌러도 아무 반응이 없었다. 식당으로 들어가는 수밖에 없었다.

　문을 열자 필남의 눈앞이 다시 흐려졌다. 하지만 안경을 벗지 않고 어림짐작으로 주방 뒤쪽으로 걸음을 옮겼다. 삼겹살 타는 냄새가 진동했고, 불콰한 사내들의 눈빛이 뒤통수에 느껴졌다. 진주댁이 필남을 보자 이 가시나는 오델 그리 쏘다니다 이제 나타나노, 라며 눈알을 부라렸다. 필남은 못 들은 척하며 안채로 통하는 문을 열었다. 밥은 묵었나, 퉁명스런 진주댁의 목소리가 등 뒤에 꽂혔지만 필남은 이미 저만큼 달아나고 난 뒤였다.

# 삼월

## 올해의 주제는 성장소설

진급 학반과 교실을 배정 받은 학생들이 와자지껄하는 통에 3층으로 오르는 계단이며 복도가 이를 데 없이 복잡했다. 1반으로 배정 받은 필남은 동편 계단 난간에 바짝 붙어서 걸음을 옮겼다. 낯선 어깨에 부딪히는 바람에 놀라 돌아보기도 했으나 상대편은 일행들과 떠드느라 신경조차 쓰지 않았다. 12학급의 학생들이 한꺼번에 이동하는 이 순간, 혼자서 움직이는 학생은 필남뿐이었다. 화장실도 친구와 같이 다니는 또래들과 달리 필남은 대개 혼자였다. 흔한 말로 왕따라고 할 수 있지만 본인이 예민하게 생각하거나 괴로워하지 않으니 꼭 그렇지만은 않았다. 필남으로서는 그냥 혼자 지내는 게 익숙할 뿐이었다. 우르

르 매점이나 급식실을 다니고, 교무실이나 화장실을 갈 때조차
도 같이 움직여야 하는 여고생들과 정서가 다를 뿐이었다. 게
다가 친구하자는 애가 없었고, 필남이 먼저 손 내민 때는 더더
구나 없었으니 자연스럽게 혼자였다.

　3층 계단을 올라 오른편으로 몸을 틀면 제일 먼저 만나는 교
실이 2학년 1반이었다. 화장실을 사이에 두고 왼편은 시청각실
이었다. 필남은 이제 도서실 드나들기는 좋겠구나, 라고 생각
했다. 시청각실 바로 위가 도서실이니 계단으로 한 층만 오르
면 되었다. 작년에는 1층에서 4층까지 오르내리기가 여간 힘든
게 아니었다.

　열려 있는 앞문 너머로 일 년 동안 같이 지낼 애들이 보였다.
책상에 엉덩이를 걸치거나 선 채로 삼삼오오 몰려 이야기를 하
고 있었다. 뒤에서 누군가 필남의 팔을 툭 건드리며 지나갔다.
역시 미안하다는 말은 없었다. 앞문으로 서둘러 들어가는 뒷모
습을 바라보며 필남은 천천히 걸음을 떼어놓았다. 그 순간, 나
리는 몇 반이 되었을까, 하는 생각이 언뜻 스쳤다. 인문사회과
정을 택했다면 가능성은 육분의 일이었다.

　필남은 이틀 전에 나리의 이메일을 받았다. 받은 편지함에
서 나리의 이름을 본 순간, 필남은 놀랍고 기뻤다. 할인매장에
서 산 짐을 각각 두 손에 나눠 들고 나리의 자취방으로 간 날이

떠오르면서 다음에 한번 초대할게, 라던 나리의 말이 생각났기 때문이었다.

이제 막 완공한 건물이었는지 미처 치우지 못한 건축 자재들이 화단에 걸쳐진 채 널려 있었다. 필남은 나리를 따라 원룸 세 놓습니다, 라는 종이가 크게 붙여져 있는 유리문을 밀었다. 나리의 집은 꼭대기 층인 5층이었다. 나리가 짐을 들여놓는 동안 필남은 햇살이 비치는 내부를 슬몃슬몃 곁눈질하면서 밖에서 기다렸다. 금방 되돌아 나온 나리는, 정리는 아빠와 같이 하기로 했다며 문을 잠갔다. 1층까지 내려가는 동안 나리는 아무 말이 없었다. 터벅터벅 걷는 발자국 소리만 건물을 터엉텅 울렸다. 밖은 여전히 바람이 불고 있었다. 세 놓습니다, 전세 및 월세 가능. 전화번호가 적힌 전단지의 아랫부분이 떨리고 있었다. 필남은 몸을 웅송그리며 호주머니에 손을 넣었다. 나리는 무척 고단해 보이는 얼굴로 다음에 한번 초대할게, 잘 가, 라는 말을 던지고 길을 건넜다.

나리의 편지는 초대와 아무 상관이 없었다. 15기 전원을 수신자로 하는 이메일의 주된 내용은 올해의 임원진을 결정, 공고하는 것이었다. 15기의 의견을 두루 물어보느라 좀 늦었다면서 부회장, 도서부장, 편집부장 자리에 각각 우현지, 김정은, 신은희의 이름을 올려놓고 있었다. 대충 예상했던 이름들이라 낯설지는 않았다. 다만 나리가 의견을 물어 본 사람 중에 필남이 끼지 못한 것은 다소 섭섭했다. 한 해 동안 있는 둥 마는 둥 지내긴 했으나 대출 당번을 빼먹은 적 없고 청소도 꼬박꼬박 했다. 그런데도 필남은 여전히 열외다. 야속한 마음이 쓴물처럼 치받쳐 올라왔다. 우연히 만나 두어 시간을 같이 보낸 것에 의미를 부여하는 것은 아니지만 씁쓸한 마음 또한 어쩔 수 없었다. 나리는 편지의 말미에 회장이 되고서도 그냥 헤어지게 해서 미안했다, 집안에 급한 일이 생겨서 그랬으니 개학 후 첫모임에는 피자라도 사서 돌리겠다, 라는 말을 덧붙여 놓고 있었다. 필남은 보관함 폴더를 하나 만들어 나리의 편지를 옮겨 놓았다.

뒷문으로 필남이 들어오자 몇 개의 시선이 꽂혔다가 이내 돌아갔다. 삼삼오오 뭉친 곳을 피하다보니 필남은 한 명씩 드문드문 앉아 있는 앞자리에까지 오게 되었다. 필남은 교탁에서 빗겨 난 4분단의 둘째 줄에 앉았다. 의자가 다소 높았다. 책상에는 낯선 시간표가 붙어 있고 반쯤 지워진 영어 문장이 적혀 있었다. 이 자리에 앉아 격언을 읽으며 공부에 대한 의지를 다졌던 주인은 누구였을까 생각하며 필남은 비로소 2학년으로 진급했다는 실감이 들었다. 중국어, 문학, 세계지리 같은 낯선 과목이 들어 있는 시간표로부터 고개를 들다가 필남은 그 순간

막 앞문을 열고 들어오는 나리를 보았다. 아, 무의식적으로 가벼운 탄성이 나왔다. 알은 체는 나리가 먼저 했다. 어, 같은 반 됐네. 필남이 고개를 끄덕이는 동안 나리는 같이 몰려온 친구들에게 휩싸여 지나갔다. 하지만 필남은 나리가 자기에게로 성큼성큼 다가오는 것으로만 여겨졌다. 같은 공간 안으로 밀어넣어지게 된 운명 같은 것이 아주 오래 전부터 예정된 것만 같았다.

✳

혜원여고 앞 정류장에서 712번 버스를 타고 이십 분쯤 가면 시가지가 완전히 사라지고, 논밭이 펼쳐진다. 그 들판 끝자락은 오동나무와 아카시아, 상수리나무가 어우러진 산이다. 어디에 숨어 있었는지 봄에는 진달래가, 가을에는 옻나무가 붉은 색을 입히기도 한다. 필남은 시내버스를 타고 창밖 풍경을 바라보는 것을 좋아해 어쩐지 우울하고 기분이 나지 않을 때면 아무 버스나 잡아타고 종점까지 다녀오곤 했다. 중학교 때부터였으니 벌써 오래된 취미 생활이었다. 무슨 고민이 있어서도 아니고, 어떤 해답을 구하는 것도 아니면서 그렇게 다녀오고 나면 뭔가 가슴에 채워지는 기분이었다.

들판과 산을 보면서 십 분 정도를 더 가면 '들꽃학습원'이 나온다. 필남은 그 곳을 재작년에 우연히 알게 되었다. 그 뒤로는 정기적으로 가지 않으면 좀이 쑤셔 다른 일이 잘 안 되는, 필남 스스로 붙인 병명을 빌리자면, '들꽃학습원 증후군'을 앓게 만드는 곳이다.

들꽃학습원은 원래 초등학교 분교였다. 교육청이 농촌 인구가 줄어 폐교된 학교를 자연 학습장으로 전환시킨 곳이었다. 분교 때의 흔적은 둥치가 한 아름이 넘는 벚나무 십여 그루뿐이고, 건물이며 운동장은 모두 옷을 갈아입었다. 2층으로 된 교실 몇 칸은 연수원 및 학습원에 근무하는 교육청 소속 공무원들의 사무실로 바꾸었고, 학습원을 찾는 참관인들이 밖에서 출입하기 쉽도록 화장실까지 완전 개조했다. 잔디를 깐 운동장에는 초·중등 교과서에 나오는 나무들을 심었다. 그리고 아래쪽 기하학적인 무늬의 화단에는 사계절 들꽃을 고루고루 심어 그것만 둘러보는데도 몇 십 분이 족히 걸렸다. 징검다리를 통해 건널 수 있게 만든 인공 연못에는 수생식물과 잉어가 살고, 작년부터는 건너편 쪽에 덩굴식물과 밭작물까지 고루 갖추었다.

흔히들 들꽃학습원은 벚꽃이 망울지기 시작하는 사월에서 온갖 꽃이 다투어 피는 유월까지가 가장 아름답다고 말한다. 두세 아름이나 되는 벚나무 꽃그늘 아래를 걷거나 은방울꽃과 제비꽃, 민들레와 동자꽃, 애기똥풀과 타래난초 등을 보다 보면 시간이 어떻게 가는 줄도 모를 정도이기 때문이다. 하지만 이즈음은 소풍이나 단체 관람객이 붐비고, 이리저리 뛰어다니는 아이들 때문에 정신이 사나워지기도 한다. 필남 역시 들꽃학습원의 봄을 사랑한다. 지난해 봄만 하더라도 토요일 오후마다 한 번도 빼놓지 않고 찾았다. 하지만 필남은 봄 못지않게, 붉은 부처꽃과 하얀 수련이 피는 칠월을 좋아한다. 또 울타리 사이에서 탱자 열매가 노랗게 옷을 갈아입는 시월을 사랑하고, 떨어지는 꽃잎 하나조차 없이 황량하게만 보이는 일월도 좋아한다.

버스는 한 사람을 부려놓고 이내 꽁무니를 뺐다. 필남은 버릇대로 안경을 추키며 학습원으로 통하는 돌계단을 올랐다. 주차장과 학습원 사이의 계단 끝에서, 누구나 그러하듯이, 필남은 걸음을 멈추고 휘돌아봤다. 건물과 잔디밭, 나무들이 한눈에 들어왔다. 빈 나뭇가지가 바람에 걸려 이리저리 흔들리고 있을 뿐 사람은 한 명도 보이지 않았다.

필남은 오른쪽으로 방향을 틀어 꽃밭 샛길로 접어들었다. 이리저리 땅이 파헤쳐 있고, 묘목이나 꽃모종이 군데군데 던져져 있었다. 모퉁이 한쪽에 앉아 땅을 파고 있는 인부들도 보였다. 파헤친 흙 사이로 씀바귀와 쑥이 꺾이고 뒤채인 채 햇빛을 받고 있었다. 그러고 보니 온 사방에 파릇파릇 쑥이 올라오고 있었다. 필남은 잔디처럼 깔린 쑥 무더기 앞에 쪼그리고 앉았다. 작고 보들보들한 이파리 몇 개가 무슨 힘으로 언 땅을 비집고 올라왔는지 그저 신기하기만 했다. 얼마나 앉아 있었는지 일어설 때는 현기증이 일어 잠시 휘청거렸다. 필남은 몇 걸음 앞에 있는 오동나무에 몸을 기댔다. 그제야 느껴지는 봄볕, 필남은 안경을 다시 추키며 주위를 새삼스럽게 돌아보았다. 나무들도 어느새 봄 채비를 하고 있었는지 나무초리마다 솜털 같은 망울을 매달고 있었다. 필남은 몸을 돌려 매끈한 벽오동 껍질을 쓰다듬었다. 햇볕을 흠뻑 받은 나무의 따뜻한 기운이 느껴졌다. 우듬지 끝까지 수액을 끌어올리는 뿌리의 와글거림이 들리는 듯도 했다.

＊

　나리가 주관하는 백련 첫 모임은 삼월 첫째 주 토요일에 있었다. 피자가 다섯 판이나 배달되고, 곁들어 콜라도 넉넉하게 왔다. 4교시 수업과 청소, 종례로 이미 점심시간을 넘겨 버린 부원들은 환호성을 지르며 피자 조각을 베어 물었다.

　나리가 부원들 사이를 한 바퀴 돌며 종이컵과 페트병, 피자

케이스를 종류별로 모으는 사이 도서부장인 정은이 물 묻힌 휴지로 테이블을 닦으면서 금방 정리가 되었다. 나리가 다시 자리에 앉자 정현희 선생이 기다렸다는 듯이 말문을 열었다.

"이걸로 회장 인사를 마친 셈인가? 앞으로 나리가 회장직을 잘 수행할 수 있도록 모두가 잘 도와 주길 바란다. 알다시피 백련은 우리 학교의 상징이자 얼굴이야. 자부심을 갖고 선망 받는 백련의 일원이기 위해서는 책임지는 자세와 헌신하는 마음이 필요하다고 본다. 나는 지도 교사라기보다 선배로서 15기의 활동을 지켜볼 거야.

지난 학년 마지막 모임에서 이미 예고한 바와 같이 올해의 주제는 '성장소설'이다. 작년에 다루었던 '가족'이라는 주제보다 훨씬 더 여러분 삶과 가깝게 여겨질 거라고 본다. 작품에서 다루어지는 시대와 공간은 '지금' 그리고 '여기'와 다르겠지만 고민하고 갈등하며 뭔가 깨달아간다는 점에서는 충분히 공감대가 이루어질 것이라고 봐. 오늘 할 일은 목록 작성을 위한 작품 검토야. 너희들 앞에 쌓인 책은 우선 우리 도서실에 있는 작품들을 모아 본 것이다. 시작이 반이라는 말이 있고, 첫걸음 떼기가 어렵다는 말도 있듯이 커리큘럼 정하기는 곧 올 농사의 성패를 가늠하는 일이라고 할 수 있어. 성의껏 살펴본 다음 목록에 넣고 싶은 작품을 적어 주기 바란다. 너희들의 의견을 반영해서 회장단에서 최종 결정하도록 할게."

탁자 가운데에 모여 있던 책이 돌려지면서 여기저기서 아, 이 책, 이라거나 그래, 이 작품, 이라는 말이 튀어 나왔다. 특히 현지와 정은이는 주인공과 작가 이름을 겨끔내기로 주워 올리는데다가 배경이며 줄거리까지 꿰고 있었다. 현지가 「유년의 뜰」이라고 말하면 정은은 '오정희'의 「새」도 이 계열일걸, 이라고 받고, 정은이 『회색 노트』를 집어 들면 현지가 '로제 마르탱 뒤 가르'의 『티보 가의 사람들』 첫째 권이잖아, 라고 대꾸하고, 『호밀밭의 파수꾼』이라고 하면 그게 미국 고등학교에서는 금서였다더라, 라고 받는 식이었다. 그들의 대화를 생경하게 듣고 있던 필남의 귀에 『호밀밭의 파수꾼』이라는 제목이 솔깃하게 들렸다. 그 책이라면 필남도 표지 정도는 봤기 때문이었다.

겨울 방학이 시작될 즈음이었다. 그날 따라 어떻게나 심심했는지, 필남이 문간방으로 옮기고 난 뒤로 한번도 들어가지 않았던 언니들 방으로 들어갔다. 화장품 냄새가 은은하니 좋았지만 방 안은 이리저리 어질러져 있었다. 필남은 아무렇게나 널린 이부자리를 한쪽으로 밀어내며 책꽂이 앞으로 갔다. 표지 색깔이 바랜 오래된 책들을 바라보니 대출 당번을 할 때와는 또 다른 느낌이 들었다. 필남은 시간을 거슬러 오르는 기분으로 그윽한 눈으로 책을 바라보았다. 『김수영 전집』과 『남해 금

산』, 『누가 하늘을 보았다 하는가』와 『게 눈 속의 연꽃』 같은 시집들이 유달리 많았다. 재활의학이니 임상심리니 하는 것들 사이에 꽂혀 있으니 정남 언니의 책인 게 분명했다. 하지만 간호사라는 직업과는 어울리지 않아 어쩐지 엽기적으로 보이기도 했다. 필남이 그 중의 하나를 뽑아 설렁설렁 책장을 넘기고 있는데 뒤에서 방문을 여는 소리가 들렸다. 뭐야? 누가 들어오라고 했어? 정남 언니의 싸늘한 목소리가 나른한 공기를 갈랐다. 필남은 귓불까지 붉어진 채 뭐라 대꾸도 못 하고 얼른 책을 놓았다. 그러고는 미안하다는 말도 미처 못 하고 정남 언니 옆을 지나 방을 빠져나왔다. 하필이면 이런 순간에……. 필남은 정남 언니의 비난이 두려웠고, 오해하게 만든 자신의 행동에 화가 났다. 그런데 그날 저녁에 필남의 방문 앞에 책 세 권이 놓여 있었다. 『호밀밭의 파수꾼』이 그 중의 하나였는데 그걸 본 필남은 다시 혼란스러웠다. 정남 언니의 호의로 받아들여야 했지만 냉랭한 얼굴을 떠올리자 펼쳐 읽기가 싫었다. 그렇다고 다시 갖다 놓아도 반항하는 걸로 보일까 봐 책상 위에 그대로 두어 버렸다. 지금까지도.

현지와 정은이 거론하는 작품들이 그 외에도 죽 이어졌지만 필남으로서는 읽은 게 거의 없었다. 대출 당번을 하면서 『마당 깊은 집』이나 『그 많던 싱아는 누가 다 먹었을까』, 『데미안』,

『인간의 굴레』 같은 책을 많이 만져 봤지만 정작 읽어 보지는 않았다. 「어둠의 혼」이나 「중국인 거리」, 「젊은 느티나무」 정도만 수능 대비용 참고서에서 넘겨다봤을 정도였다.

"그거 읽어 봤니?"

앞에 놓인 책을 차르르 넘기고 있을 때 정현희 선생이 등 뒤에서 물었다. 예기치 못한 질문에 당황한 필남은 단순한 그림이 있는 카키색 앞표지를 다시 봤다. 『동정 없는 세상』이라는 글씨가 반듯하게 적혀 있었고, '박현욱 장편소설'이라는 글자도 박혀 있었다. 안쪽으로 접혀진 책날개에는 젊은 남자의 얼굴이 박혀 있었다. 초점을 어떻게 맞추었는지 눈과 코가 확대되어 있었다. 필남은 대답할 생각은 못 하고 그런 것만 보고 있었다.

"재밌던데, 아직 안 읽은 모양이구나."

필남은 그제야 예, 하고 느릿하게 대답했다.

"책에 취미를 좀 붙이기 바랐는데……. 단숨에 읽히니까 한번 봐라. 그 사람이 쓴 『새는』이라는 것도 보고."

필남의 대답을 기다릴 생각은 아니었던 모양이었다. 정현희 선생은 어느새 걸음을 옮겨 놓으며 현지가 보는 책을 넘겨다보고 있었다.

골목을 빠져 나오자 으스름은 더욱 짙어 있었다. 꽃집 앞 길가에 놓인 화분에는 주홍색 꽃이 몸을 쑥쑥 내밀고 있었다. 환하게 불을 밝힌 샴푸 미용실에는 아직 손님이 있었고, 백점 노래방에서는 벌써부터 노랫소리가 흘러나왔다. 저녁 안개 같은 연기도 이미 공기 중을 떠돌고 있었다. 필남은 절로 이맛살이 찌푸려졌다. 그러지 않아도 피자 때문에 껍껍했던 위장에 고기 타는 냄새가 불쾌하게 끼얹어졌다. 쳇, 니가 우째서 공부를 하능지 알긴 아나. 간갈치 구버 밥해 내고 삼겹살이며 두루치기 판 돈 아이가. 근데 오데서 코를 싸잡고 그르노. 진주댁의 핀잔까지 생각나면서 필남은 뒤에서 누가 당겨 주길 바라기라도 하듯 느직느직 걸었다. 식당집 자슥이 생선 비린내도 싫다, 고기도 못 묵는다 해쌓는 기 말이 되나. 필남이 고기를 앞에 두고도 김치만 먹을 때나 인상을 구긴 채로 홀 서빙을 할 때마다 진주댁은 필남에게 짜증스레 말하곤 했다.

주말 저녁이라 그런지 식당 안은 소란스러워 보였다. 매캐한 연기로 짐작컨대 고기를 구워 먹는 손님이 꽤 많아 보였다. 필남은 잰걸음으로 식당 앞을 얼른 지나 초록색 철문 앞에 섰다. 제발, 제발 열려 있기를 바랐건만 문은 굳게 잠겨 있었다.

부모 고생을 모르는 바는 아니었다. 하지만 공사판 복장 그대로 달려와 돼지고기를 씹는 남자들, 소주로 불콰해진 눈으로 서빙하는 필남의 위아래를 쭉 훑어보는 사내들을 보는 건 정말이지 질색이었다.

안녕히 가이소. 진주댁의 인사 소리가 밖에까지 들렸다. 필남은 화들짝 놀라며 대문을 지나쳐 걸음을 재게 놀렸다. 그 사이에 저녁 어스름은 더욱 짙어져 밤으로 넘어가고 있었다. 피곤하고 배고팠지만 호주머니에 동전 하나 없었다. 교통카드만 믿고 버스를 타기에도 너무 늦은 시간이었다. 무엇보다 도서실에서 빌려온 『동정 없는 세상』과 『새는』을 빨리 읽고 싶은데 몸은 집에서 자꾸만 멀어지고 있었다.

# 사월

해석은 해석대로 의문은 의문대로, 그렇게 나가자

복사꽃이 매화꽃 자리를 뺏고, 진달래와 벚꽃이 발걸음을 빨리 하는 사월이다. 일요일, 필남은 여느 날처럼 청소를 하고 있었다. 식당 주방과 연결되어 있는 안채는 쪽마루를 가운데 두고 방 두 개와 욕실이 마주 보고 있는 구조다. 남향으로 앉아 있지만 바싹 붙은 앞 건물에 가려 햇빛 한 줌 들지 않는다. 게다가 남동생인 민국과 필남이 같이 쓰고 있는 문간방은 쌀 포대가 한쪽에 쌓여 있어 아주 비좁다. 이층 침대 자리를 빼면 간신히 앉은뱅이책상이 들어갈 정도였다. 조금 더 넓은 욕실 쪽은 언니들 방이다. 김상사와 진주댁이 식당에 있는 방으로 거처를 옮기기 전까지는 필남도 그 방에서 지냈다. 간호사인 정남 언니는 자주 야근을 하고, 대학생인 희남 언니는 학교 실험실에서 살다시피 하는 바람에 잠잘 때조차도 서로 만나기 어려웠지만, 그 방에서 필남은 꾸어온 보릿자루처럼 지낼 수밖에 없었다.

두 사람이 처음 만났을 때 김상사는 이혼, 진주댁은 사별 상태였다. 둘은 재혼하여 필남과 민국을 낳았다. 새엄마가 낳은 동생, 이것이 언니들이 경계하는 필남의 원죄였다. 원망과 피해의식이 맞물리는 자리는 언제나 냉랭하고 삐걱거렸다. 민국은 아직 어린데다 남자애라서 분위기를 모르지만 필남은 언니들의 그런 감정을 일찍부터 느꼈다. 철듦과 동시에 입을 닫아버리게 된 것도 그와 무관하지 않았다. 필남은 묻는 말에 간략하게 대답하는 것 말고는 거의 말없이 지냈다.

필남은 세탁기의 작동 버튼을 누른 다음 마루와 방을 비질했다. 머리카락이나 먼지만큼 쌀 부스러기가 모였다. 검은색 쌀벌레도 여럿 기어가고 있었다. 필남은 움직이는 벌레를 꼬나보다가 엄지손톱으로 눌렀다. 피나 물기 하나 없이 똑똑 소리만 투명하게 들렸다.

식당 주방문이 열리더니 불쑥 민국이 머리가 들어왔다.

"누나, 밥 줘."

"엄마는? 시장?"

일요일에는 시장에 안 가는 걸 알면서도 필남은 되물었다.

"아니, 방에 누워 계셔. 누나 좀 나오래."

필남의 가슴에 쏴르르, 나비물이 서늘하게 끼얹히는 느낌이었다. 바르르 떨리는 목소리로 필남은 말했다.

"엊저녁에 준태 오빠 왔었니?"

"어제 낮에. 학교 갔다 왔더니 엄마, 아빠와 같이 밥 먹고 있던걸."

"그래서?"

"그냥 밥만 먹고 갔어."

준태 오빠는 진주댁의 아들인데 키가 훤칠하니 크고 이마가 넓은 미남이었다. 똑같이 반쪽 형제이긴 하지만 필남은 정남 언니나 희남 언니보다 준태 오빠가 더 좋았다. 고개만 끄덕이고 이내 돌아서긴 하지만 준태 오빠로부터 필남이 많이 컸네, 잘 있었어? 라는 말을 듣는 것을 좋아했다.

필남이 식당 방 문을 열자 시금털털한 냄새가 훅, 코에 끼쳤다. 진주댁은 여덟 자짜리 장롱에 반쯤 기대어 앉아 있었는데, 발치에는 아직 이부자리가 널려 있었다.

"또 술 마셨어? 아버지랑 싸웠어?"

"싸우기는 뭘, 그냥 한잔 한 기다. 동생 밥 좀 채리라. 그리고 민국이는 밥 묵고 나서 약국 좀 댕기 오고. 엄마가 보내서

왔다카면 알아서 약 줄 끼다."

"준태 오빠 왔었다면서, 그렇게 괴로우면 같이 살면 안 되나? 왜 엄마만 힘들어야 해?"

"……."

평소라면 당장 이노무 가시나가, 어쩌고저쩌고 해야 할 진주댁이 아무 말 없었다. 하룻밤 사이에 몰골이 말이 아니게 변해 버린 진주댁을 보자 필남은 몹시 화가 났다. 견디지도 못할 술을 왜 마셔 가지고……. 필남은 중얼거리며 방문을 확 닫아 버렸다. 정말 이해하지 못할 어른들이었다. 개수대에 널브러진 설거짓거리를 보니 더욱 짜증이 났다. 필남은 동생을 약국으로 보낸 다음 수도꼭지를 끝까지 돌렸다. 콸콸 흐르는 물은 이내 개수대를 채웠다. 아악, 아아악, 고함이라도 지르고 싶었다. 필남은 스텐 쟁반이며 냄비, 플라스틱 소쿠리며 물컵들을 우당탕 거칠게 씻었다. 그래도 마음이 후련해지기는커녕 알 수 없는 적의만 더욱 쌓이는 느낌이었다.

※

4분단 끝에서 둘째 줄, 필남의 자리다. 삼월에 앉았던 자리와 비슷했다. 담임은 매달 한 번씩 제비뽑기를 통해 자리를 지

정하도록 했다. 앞뒤로 섞어 앉아 보고 친구들도 고루 사귀라는 뜻이었다. 하지만 애들은 뽑은 제비를 눈치껏 서로 바꿔치기했다. 맨 앞자리 표를 들고 난감해하던 필남도 누가 바꾸자는 말에 서둘러 그렇게 했다. 필남은 옆으로 두 칸 건너 새 자리로 옮겨 앉았다. 짧은 북새통 끝에 자리가 정리된 다음 보니 나리가 바로 앞자리에 앉아 있었다. 파문처럼 필남의 가슴 한켠에 서늘한 동그라미가 그려지는 것 같았다.

며칠이 지난 토요일 아침, 필남이 가방을 채 내리기도 전에 나리가 돌아앉으며 말했다.

"오후에 도서 목록 발표하는 거 알지?"

"으응."

"그건 그렇고 필남아, 편집부장 좀 맡아 주라."

필남이 무슨 영문인지 어리둥절하고 있을 때 나리가 다시 말을 이었다.

"은희가 갑자기 전학을 간다고 그러네. 네가 날 좀 도와 주라."

필남은 그때에야 상황을 읽을 수 있었다.

"내, 내가 무슨? 할 줄 아는 것도 없고, 다른 애들도 많은데."

"정현희 선생도 그렇게 생각하시고, 내가 볼 때도 네가 좋겠어. 글 잘 쓰잖아. 그리고 나와 같은 반이니 일하기도 좋을 거 같고."

"아, 아니, 나리야. 나는……."

나리는 필남의 말꼬리가 땅에 닿기도 전에 서둘러 낚아챘다.

"자, 이 이야기는 이제 끝. 승낙하는 걸로 안다. 응?"

그날 오후에 도서 목록이 발표되었다.


4월 - 「살인자들」(어니스트 헤밍웨이), 「애러비」(제임스 조이스)

5월 - 축제 행사

6월 - 「어둠의 혼」(김원일), 「중국인 거리」(오정희)

7월 - 『데미안』(헤르만 헤세)

8월 - 영화 〈길버트 그레이프〉

9월 - 『모두 아름다운 아이들』(최시한)

10월 - 『호밀밭의 파수꾼』(제롬 데이비드 샐린저)

11월 - 『외딴방』(신경숙)

12월 - 독서 문집 발간


모두 도서 목록을 들여다보고 있을 때 나리가 입을 열었다.

"지난 주에 우리가 검토한 작품들 중에서 가려 뽑은 것들입니다. 여러분도 보셨다시피 넓은 의미에서는 우리가 읽는 대부분의 소설들이 성장을 다루고 있다고 해도 틀린 말이 아닐 것입니다. 하지만 모든 작품을 다 볼 수 없으므로 선생님과 의논해서 단편과 장편을, 한국 작품과 외국 작품을 고루 선정했습니다. 성장소설에서는 인물의 비중이 아주 높은 만큼 주인공의 성비도 고려했습니다. 그리고 최근작보다는 어느 정도 검증이 이루어진 작품을 골라잡았습니다.

방학 때는 예년과 마찬가지로, 같은 주제의 영화를 선정했습니다. 〈길버트 그레이프〉는 저 역시 보지 못한 오래된 영화인데 정현희 선생님께서 강력하게 추천하신 겁니다. 아주 좋은 영화, 할 이야기가 굉장히 많은 영화라고 하셨습니다."

필남은 조리 있게 말하는 나리를 올려다보았다. 키가 아니라 사고 수준이 저만큼 높아 보였다. 다른 애들도 똑같이 생각하는지 하나같이 고개를 끄덕이고 있었다.

"그럼 이제부터 각자 주제 발표할 순서를 잡도록 하겠습니다. 아, 그전에 한 가지 더 말씀드리겠습니다. 신은희가 전학을 가게 되어 편집부장 자리가 비었습니다. 그래서 이제 그 자리를 김필남이 맡기로 했습니다."

그 말과 함께 부원들의 시선이 필남에게로 쏠렸다. 필남은 두꺼운 안경 너머로 도서 목록만 뚫어져라 볼 뿐 고개를 들지 않았다. 가늘게 떨리고 있는 얼굴과 손을 들키고 싶지 않아서였다.

"첫 모임은 28일에 있습니다. 준비 기간이 짧은데다 중간고 사도 끼어 있어 마음이 바쁘고 힘들 줄 압니다만 열심히 공부해 오시길 바랍니다. 16기 선발을 위한 홍보를 위해서도 아주 중요한 자리가 될 것입니다. 발제는 관례상 저와 김필남이 맡도록 하겠습니다."

*

혜원여고 2학년의 야간 자율학습은 저녁 7시에 시작하여 10시에 마친다. 특기적성 수업을 마치는 6시부터 7시까지가 식사 시간인데, 거의 대부분의 학생이 급식소를 이용한다. 나리는 같이 다니는 친구가 있었음에도 불구하고 어느 순간부터 필남을 꼭 챙겼다. 몇 번 그렇게 하다 보니 오히려 나리의 친구가 떨어져 나가 버리고, 저녁 시간에는 둘이 움직이는 경우가 많았다. 필남은 워낙 혼자에 익숙한 몸이라서 때에 따라서는 어색하기도 했지만 마음은 날마다 설렜다. 누군가와 친해진다는 건 불편함을 감수하는 것인데, 그 대상이 나리라면 충분히 견딜 수 있다고 필남은 생각했다.

"같이 가자."

야간 자율학습을 마치고 교문을 막 벗어날 즈음 필남의 등을 가볍게 치며 나리가 말했다.

"넌 언제나 땅만 보고 걷더라. 뭐 있어? 뒤에서 불러도 모르고."

필남은 가방을 고쳐 메며 나리와 걸음을 맞추었다. 슬그머니 가슴을 펴고 어깨를 높여 보았지만 나리의 키를 따라잡을 수는 없었다.

"내가 혼자 산다는 걸 애들에게 말 안 했대? 난 소문 다 돌았을 거라 생각했는데."

"……."

"애들이 알아도 상관없긴 하지만 어쩐지 신선했어. 비밀이니, 어쩌니저쩌니 해도 돌아서면 모르는 사람이 없는 게 우리 학교거든."

"그런 얘기도 서로 하는 거였나? 몰랐어. 알았으면 했을 텐데."

"뭐? 이제 보니 농담도 잘하네. 암튼 네가 참 좋아졌어. 그날도 참 이상했다. 아무에게도 말하지 않았던 이사며 아빠 얘기를 너한테 술술 했잖아. 밤에 생각해 보니 내가 왜 그런 말까지 했나 싶었어. 정샘 말씀처럼 네게는 뭔가가 있나 봐."

"정현희 선생?"

"몰랐어? 정샘이 너 서포터잖아. 얼마나 챙기시는지……."

"내, 내가 모자라니까, 아는 것도 없고."

"그건 그렇고, 다음 주 시험인데 공부 많이 했어? 주말에 우리 집에 와서 같이 할래?"

"내가? 너한테 방해 안 될까? 너야……."

"그래, 나야 독하게 하지. 인생에서 공부가 얼마나 중요한지 아니까. 재미도 있고."

"재미?"

"그럼, 수학 문제가 착착 풀릴 때나 영어 해석이 딱 들어맞을 때 얼마나 재밌다고. 세계사나 지리도 좋고."

"글쎄, 나는 도무지……."

"아냐, 마음을 먹지 않아서 그렇지 너도 잘할 수 있을 거야. 넌 말이야, 무슨 일이든 마음 먹으면 잘할 거 같아. 이상하게 그렇게 보여. 안 해서 그렇지, 하면 엄청 잘할 거 같은 그런 느낌 말이야."

이야기를 나누다 보니 버스를 타야 하는 정류장을 지나쳐 나리의 집 앞에까지 와 버렸다. 예전에 여기저기 널브러져 있던 건축 자재들은 그 사이 말끔히 치워져 있었다. 합판이나 타일이 놓여 있던 양쪽 화단에는 형식적으로 꽂아 둔 듯한 측백나무가 한 그루씩 서 있었다. 나머지 땅에는 잡풀들만 듬성듬성 흩어져 있었다.

"민들레네."

필남이 눈길을 아래로 보낸 채 말했다.

"저 노란 꽃이 민들레였니? 며칠 전부터 피어 있었어. 내가 좋아하는 노란색이구나 싶었는데 이름이 있었네. 그것도 민들레?"

"왜, 민들레에 무슨 특별한 의미라도?"

"얼마 전 문학 시간에 '민들레꽃'이라는 시를 배웠잖아. '까닭 없이 마음 외로울 때는 민들레꽃 한 송이도…….' 어쩌고저쩌고 하는 거 말이야."

그렇게까지 말하니 필남도 들은 적이 있는 것 같았다.

나리와 헤어지고 버스에 올라탄 필남은 선 채로 문학 교과서를 꺼냈다.


## 민들레꽃
조지훈


까닭없이 마음 외로울 때는
노오란 민들레꽃 한 송이도
애처롭게 그리워지는데,

아 얼마나한 위로이랴.
소리쳐 부를 수도 없는 이 아득한 거리(距離)에
그대 조용히 나를 찾아오느니.

사랑한다는 말 이 한마디는
내 이 세상 온전히 떠난 뒤에 남을 것,

잊어버린다. 못 잊어 차라리 병이 되어도
아 얼마나한 위로이랴.
그대 맑은 눈을 들어 나를 보느니.

쓱 한 번 읽어 볼 때는 내용이 제대로 들어오지 않았다. 좋은 단어들만 골라 적당히 얽어매어 놓은 것 같이만 보였다. 필남은 읽고 또 읽었다. 그러자 어느 순간 콧등이 시큰해짐과 동시에 아, 하는 탄성이 흘러나왔다. '아득한 거리'에서였다.

'무슨 이유 때문인지는 몰라도 화자는 사랑하는 이와 아득한 거리 밖에 있다. 상대는 화자에게 올 수 없는 사람이거나 화자를 사랑하지 않는 사람일 수도 있다. 하지만 그런 것이 화자의 사랑과 그리움을 잠재울 수는 없다. 날마다 생각하고 날마다 그리워하기 때문에 모든 것이 사랑하는 사람과 연결된다.

그러니 작은 민들레꽃도 사랑하는 사람이 보낸 그 무엇이거나 사랑하는 사람 그 자체로 보인다…….'

필남의 머릿속에서 생각이 빠르게 전개되었다.

'민들레꽃 하나를 보고도 그대를 떠올리는 화자는 굉장히 큰 외로움과 사랑을 가지고 있지만 원망하는 마음은 없어. 아득한 거리 밖이라도 그대가 있다는 것만으로도 위로라고 생각하고 있지. 화자의 존재 이유가 그대이니 꽃도 그대로 보이는군. 게다가 이젠 화자가 꽃을 보는 게 아니라 그대인 꽃이 화자를 보는 걸로…….'

지독한 외로움을 견디며 민들레꽃 앞에 쪼그리고 앉아 있는 한 사람의 영상이 떠올랐다. 남잔지 여잔지, 잘생긴 얼굴인지 미운 얼굴인지는 몰라도 어쩐지 그 심정만큼은 알 수 있을 것 같았다. 그러자 필남은 새로운 친구 한 명을 가진 것처럼 마음이 뿌듯해져 왔다.

✳

나리의 집은 원룸으로 현관문을 열면 모든 게 한눈에 다 들어왔다. 현관 바로 옆이 화장실이고, 맞은편에 침대와 책상, 붙박이장과 싱크대가 기역자로 놓여 있다. 하루 종일 쌀벌레가 기어다니는 어둠침침한 필남의 방에 비하면 한없이 밝고 깨끗한 곳이다.

나리는 책상에 앉자마자 이어폰을 꽂고 책에 고개를 묻었다. 필남은 나리가 권한 식탁에 앉아 책을 펴 들었으나 공부에 집중하지는 못했다. 가늘게 눈을 뜨고 개나리색 토스트기와 빨간색 전기밥솥을 바라보았다. 어쩜 저렇게 앙증맞은 게 다 있담. 진주댁이 사용하는 대형 조리기구만 봐 온 필남으로서는 소꿉놀이하는 장난감같이만 보였다.

난 정리벽이 좀 있어. 언젠가 나리가 했던 말이 저절로 떠오를 정도로 침대보와 옷가지들이 흐트러짐 하나 없었다. 책장의 책도 키별로 나란히 꽂혀 있어 튀어나오거나 거꾸로인 게 없었다. 교과서와 참고서 이외에 많은 책이 꽂혀 있는 것도 신기했다. 필남은 책장 앞에 서서 제목들을 훑고 싶었으나 나리에게 방해가 될까 봐 멀리서 보는 걸로 만족했다. 한눈에 들어오는 나리의 생활공간은 직각이 주는 통일감과 안정감이 있었다. 하지만 필남은 어느 순간 그 반듯한 각에 의문이 들었다. 혼자 지내는 집에서조차 각을 세워 정리를 해 놓아야만 직성이 풀리는 성격, 그 성격 때문에 되레 옥죄이지나 않는지, 반듯함의 날카로운 각에 스스로 찔리고 있는 것은 아닌가 하는 생각이 들었다. 그러자 책에 얼굴을 묻고 있는 나리의 등이 어쩐지 쓸쓸해 보였다.

　필남은 토요일과 일요일은 물론 중간고사 기간에도 나리의 집에 있었다. 오전에 시험을 치르고 나리와 할인매장에서 점심을 먹고 집으로 같이 올라오는 식이었다. 나리는 2시간 공부하고 30분 쉬는 형이었다. 공부에 그다지 취미가 없는 필남은 30분 동안 나리와 얘기하고, 2시간은 책을 보다 말다 이런저런 공상을 하다 말다 하며 시간을 보냈다.

　시험 기간 중에는 하고 싶은 것이 많다. 영화를 보고 싶고, 소설을 읽고 싶다. 갑자기 운동을 하고 싶거나 노래방에 가고 싶기도 하다. 모두 할 수 없는 일들이라 더 절실하게 소망한다. 내신 성적이 대학 진학의 많은 부분을 차지하는 인문계 학생으로서, 설령 필남같이 열심히 하지 않는 학생이라 할지라도 시험의 부담감에서 벗어나기 어렵기 때문이다. 하지만 정작 시험을 마치면 하고 싶었던 일들은 그만 매력을 잃어버린다. 할 수 있는 상황이 왔다는 자체가 이미 하고 싶은 일을 사라지게 만든 것이다. 그러니 허탈감만 남아 하릴없이 빈둥거리거나 먹거나 자는 게 대부분이었다. 하지만 나리는 달랐다. 시험이 끝나자마자 독서발표회가 열흘 남았다며 다시 전투자세였다. 한낮의 거리에서 나리는 필남에게 말했다.

　"올해 첫 행사니 잘해 보자. 난 말이야, 이번 발표를, 너에 대한 이미지를 바꾸는 기회로 삼고 싶어. 편집부장으로서의 위치도 위치지만 다른 애들이 너를 객관적으로 보길, 아니 네가 그들에게 네 참모습을 보여 주면 좋겠어."

"네 체면도 있고 하니 말이니?"

필남은 저도 모르게 불쑥 말을 뱉었다. 그 동안 보여 줬던 나리의 태도가 누구에게나 보일 수 있는, 그저 그런 깍듯함이 아니었나 하는 의심 때문이었다. 그러지 않고서는 그 동안의 친절을 설명할 길이 없어 보였다. 필남이 생각해 봐도, 뒤에서 쑥군대는 애들 말처럼, 자신과 나리는 어느 모로 보나 어울려 보이지 않았다.

나리가 갑자기 필남의 걸음을 가로막았다. 필남은 눈을 동그랗게 뜨고 얼굴을 바짝 들이대는 나리를 바라보며 한 걸음 뒤로 물러서야만 했다.

"그래? 그런가? 네 말을 들으니 나도 좀 헷갈리네. 난 누구에게나 예의를 갖추는 편인데다 백련을 이끌어 가는 회장이니까. 그렇기 때문에 편집부장이라는 네 역할에 대한 기대감도 있었을 거야. 그랬을까? 하지만 꼭 그래서 너랑 같이 다녔던 건 아닌 것 같아."

"그, 글쎄……."

"근데 그런 게 뭐 중요하니? 나는 복잡한 감정 놀이는 딱 싫어."

그 순간 필남은 아무리 좋아해도 내 감정과 똑같이 느껴 주길 상대에게 요구할 수 없는 법이라는 걸 아프게 깨달아야 했다. 그래서 뒤엉키는 속을 재빨리 밀어 넣지 않을 수 없었다. 이러다가 나리가 화라도 내면 그건 더더욱 견디기 어려울 것이기 때문이었다. 필남은 우우우 올라오는 속마음을 억지로 감추고 일부러 너스레를 떨었다.

"농담이야, 농담. 뭘 그리 정색을 하고⋯⋯."

그러자 필남의 섬세한 감정 따위는 염두에 없을 나리는 이내 의욕적인 표정으로 다시 돌아왔다.

"그래, 그럼 지금부터 발표 준비에 들어가자. 「살인자들」과 「애러비」 중에서 뭐 할래? 하나씩 정해 놓기는 하지만 작품은 다 읽어야 할 거야. 먼저 우리끼리 토론해 보면서 예상 질문거리를 만들자. 이를테면 시나리오를 짜 보자는 거지."

하지만 필남은 이미 며칠 전부터 '들꽃학습원 증후군'에 빠져 있었던 터라 나리의 눈치를 슬몃슬몃 살피면서 입을 열었다.

"지금부터? 금방까지 시험 치고 너무하다. 오늘은 좀 놀자. 같이 가고 싶은 곳이 있어."


들꽃학습원에는 꽃눈깨비가 내리고 있었다. 필남은 버스 차

창 밖으로 보이는, 연두에서 청매로 넘어가는 산 빛에 이미 넋을 빼앗겼다. 그런데다가 열흘 만에 찾아온 들꽃학습원은 몰라볼 정도로 화사해져 있었다. 몇 아름씩 되는 벚나무의 애채에서 우듬지까지 빼곡하게 피었던 꽃은 이제 바람을 타고 긴 곡선을 그으며 땅으로 천천히 내려앉고 있었다. 너무 예쁘다. 꽃그늘이 내려앉은 얼굴로 나리가 혼잣말을 했다. 몇 걸음 뒤쳐져서 걷던 필남이 내민 손바닥으로 꽃잎이 하나 살포시 앉았다. 하르르 내리는 꽃잎들은 나리의 머리에 머물기도 하고, 필남의 어깨를 스치며 미끄러지기도 했다.

고개를 숙인 하얀 은방울꽃 군락과 작은 키나마 쑥쑥 치켜 세운 노란 민들레 군락 앞에서도 나리는 너무 좋다, 라는 말을 반복해서 내뱉었다. 필남은 종처럼 생긴 은방울꽃에 닿는 햇살과 향기 때문에 마치 기구라도 탄 듯 마음이 붕붕거렸다.

코스모스 밭에서는 인부들이 볼펜 크기만큼 올라온 코스모스를 뽑고 있었다. 너무 비좁게 올라와 솎아내는 중이라고 했다. 그럼 이것들은 버려지는 거냐고 필남이 물었다. 그래야 나머지가 튼튼하게 자란단다, 라고 늙수그레한 사람이 말했다. 너네 집 화단에 심자. 필남은 나리의 대답을 기다리지 않고 뽑혀진 코스모스를 줍기 시작했다. 너무 단호한 말이라서 나리는 뭐라 대꾸도 못 하고 필남이 하는 양을 보고 있을 수밖에 없었다.

　　　　　　　　　✳

　이게 그렇게 대단한 소설이란 말인가? 「살인자들」을 읽은 필남의 첫 느낌이었다. 세계적으로 유명한 단편소설이라는 걸 믿을 수 없었다.

　―헨리가 경영하는 식당에 '앨'과 '맥스'가 들어온다. 친구의 부탁을 받은 그들은 그 곳에 자주 식사하러 오는 '올 안드레슨'을 죽이려고 한다. 식당에는 '죠지'와 '닉 애담스', 그리고 요리하는 '쌤'이 있었다. 앨과 맥스는 닉과 쌤을 결박해 놓고, 죠지로 하여금 들어오는 손님을 적당히 따돌리게 하며 올 안드레슨을 기다린다. 여섯 시가 지나도 올 안드레슨이 오지 않자 그들은 떠난다. 닉은 올 안드레슨을 찾아가 살인자들에 대해 말한 다음 대책을 세우라고 채근한다. 하지만 올 안드레슨은 도망다니지 않겠다고, 좀 있다 밖으로 나가겠다고 한다. 어두운 길을 돌아 닉이 다시 왔을 때 식당은 그새 평정을 되찾아 있었다. 쌤은 닉의 말을 들으려고 하지도 않고, 죠지는 올 안드레슨이 배신자일 거라고 말한다. 닉은 모두의 행동을 납득할 수 없어 하

며 마을을 떠나겠다고 말한다.

뭐 그렇게 개성 있는 인물이 나오지도 않고, 거창한 사건이 벌어지지도 않는다. '살인자들'이라는 제목과 달리 총성이 나거나 피가 낭자한 것도 아니었다. 그렇지만 필남은 이 정도의 줄거리를 간추리는 데도 두 시간이 넘게 걸렸다. 사건과 공간의 이동이 헷갈리지 않도록 책장을 넘겨가며 세밀하게 읽어야 했기 때문이었다. 꼼꼼하게 읽다 보니 의문이 드는 부분이 나타나기도 했다. 필남은 며칠 동안 「살인자들」이 던지는 질문에서 벗어날 수 없었다.

우선 주인공이 누구인지를 파악하기 힘들었다. 제목을 감안해서 앨과 맥스라고 봐야 하겠지만 그들이 떠나고 나서도 작품이 계속되는 게 이상했다. 그렇다면 작품에 가장 많이 등장하는 죠지를 생각해 볼 수도 있을 듯했다. 살인자들과 가장 많이 대화하고 끝까지 작품 속에 남아 있는 인물이 죠지이기 때문이다. 하지만 죠지라고 말하기에도 납득이 안 가는 부분이 있다. 주인공이라면 올 안드레슨을 만나러 가는 인물도 죠지여야 할 텐데, 죠지는 식당을 떠나지 않는 것으로 그려지고 있다. 그렇다면 주인공은 쫓는 자의 일상과 쫓기는 자의 심리를 동시에 들여다보며 상황에 충격을 받고, 끝내는 마을을 떠나겠다고 다짐하는 닉이 되어야 할 것 같았다. 닉은 살인자의 행동에서 충격을 받는 것은 물론 '자기가 무슨 일을 당하리라는 것을 뻔히 알면서도 방 안에 그냥 앉아서 기다리고만 있는' 올 안드레슨에게도 무서움을 느낀다. 뿐만 아니라 쌤과 죠지 역시 방관하거나 살인자의 의식에 동조하는 것에 큰 충격을 받는다. 얼마 전 문학 시간에 배운 바에 의하면 이런 것이 '죄악의·발견'인 셈이라, 닉은 결국 마을을 떠나겠다는 결심을 하게 된다.

주인공을 닉으로 보면 작품의 흐름과 주제는 잡히는 대신 장면의 배분에 의심이 갔다. 이 소설은 네 개의 장면으로 이루어져 있는데 식당과 올 안드레슨의 방, 거리를 거쳐 다시 돌아오는 식당이 그것이다. 닉의 이동과 일치하는 것은 사실이나 처음의 식당 장면이 전체의 사분의 삼이나 차지하고 있다. 닉이 중심인물로 나오는 것도 아니어서 더욱 혼란스러운 부분이다.

제목도 이상했다. 맥스는 왜 올 안드레슨을 죽이려고 하느냐는 죠지의 질문에 '친구를 위해서, 처음 보는 올 안드레슨을 죽이러 왔다'라고 대답한다. 이들은 원한이 있거나 우발적으로 살인을 저지르는 사람이 아니라 청탁을 받아 직업적으로 살인을 하는 청부업자들인 것이다. 그래서 이들은 아무런 양심의 떨림이나 행동의 망설임 없이 살인 준비를 하면서 농담까지 주고받는다. 필남은 인터넷을 통해 검색해 보았지만 헤밍웨이의 일생에 대해서만 나와 있을 뿐 의도한 바를 얻을 수는 없었다. 간신히 원제목이 「The Killers」인 것을 알아내 사전을 뒤적여보고, 나리에게도 '살인자들'로만 번역이 되냐고 물어 보았다. 나리는 '죽이는 사람들'이라는 뜻이니 '살인자들'이든 '살인청부업자들'이든 별 상관 있겠냐고 하면서도 발표 내용으로 그런 의문을 제기해 보는 것은 괜찮아 보인다고 호감을 보였다.

무엇보다 필남의 의문점은 과연 이 작품을 성장소설로 볼 수 있느냐는 점이었다. 말 그대로 '성장'을 다루는 작품이라면 어느 정도의 시간대를 확보해야만 가능할 텐데, 이 소설의 시간적 배경은 고작 서너 시간밖에 안 된다. 상황에 항복할 수 없어 '다른 곳으로 가야 한다'고 결심하는 닉이 주인공이라고 볼 때, 그가 '발견'하는 죄악의 모습이 주제이지 않을까? 그렇다면 이 소설은 '성장'을 다룬다기보다 '발견'을 말하고자 하는 것이 아닐까 싶었다.

나리 역시 닉을 주인공으로 봤다고 했다. 필남은 그 말에 힘입어 주제며 장면의 바뀜에 대해서 이야기했다. 그리고 등장인물의 세세한 묘사, 이를테면 쌍둥이같이 앉아 장갑을 끼고 식사를 하는 맥스와 앨의 모습이라든지 침대에 누워 있는 왕년의 권투선수인 올 안드레슨의 덩치에 대해서도 말했다.

"짧은 소설에 그렇게 많은 이야기가 나올 줄 몰랐다. 좋아,

발표도 그렇게 나가자, 해석은 해석대로 의문은 의문대로. 이제 「애러비」에 대해서 이야기하자.”

　-평범하고 무난하게 살던 주인공인 '나'가 맹건의 누나를 짝사랑하게 되는 이야기가 중심이다. 맹건의 누나가 애러비에 가 보라고 권하자 선물을 사다 주겠다는 약속까지 하게 된다. 그 후 나는 친구들과 어울리는 것이 시시해지고, 학교생활에서나 가족들로부터도 고립감을 맛보게 된다. 토요일, 숙부가 늦게 오는 바람에 애러비에 가지 못할 위기가 닥치자, 나는 혼자라도 가겠다며 돈을 얻어 애러비행 전차를 탄다. 간신히 애러비에 도착하나 이미 때가 늦어 홀의 가게 대부분이 문을 닫고 있는 중이었다. 이윽고 완전히 깜깜해진 홀에서 나는 허영에 몰리고 조소를 당하는 느낌을 갖게 된다.

　대강 이런 내용이었다. 나리는 시간적 흐름에 따른 '나'의 심리 변화에 초점을 맞추어 자세하게 추적해 놓고 있었다.

　“좋다, 잘 썼어.”

　필남이 진심으로 말했다.

　“나는 상징과 주제를 초점으로 발표할까 해.”

　줄거리 쓴 종이를 받아든 나리가 똥그란 눈을 반짝거리며 말을 이었다.

"이 소설에는 두 세계가 나와. 거리와 집, 학교와 시장이 첫 번째 세계인데, 이는 일상적인 생활이 이루어지는 곳이야. 거리는 지저분하고, 시장도 소음과 냄새가 지독한데다가 주정뱅이들이 넘치는 곳이지. 두 번째 세계는 애러비의 세계로 상징되는데, 아라비아 시장이라는 이름만큼 이국적이고 풍부한 곳, 환상적이고 신비한 곳이야. 사랑하는 사람이 일러 주었고 사랑하는 사람에게 선물을 사다 줄, 그리하여 자신의 사랑을 전할 수 있는 장소인 셈이지. 첫 번째 세계에 잘 적응하며 살던 주인공은 사랑이라는 낯선 감정을 가지면서 새로운 세계를 꿈꾸게 돼. 첫 번째 세상을 벗어나고 싶은 거지. 친구들과의 장난이나 학교 공부가 시시해져 버리고 집에서도 혼자 있기를 원해. 의도적으로 스스로를 고립시켜 버리는 거지. 하지만 안타깝게도 사랑하는 사람과도 단절되어 있어. 속을 태우며 맹건 누나를 바라만 보고 있잖아."

"그래서 바자회를 그렇게 기다리는 거구나."

"그렇지. 애러비야말로 사랑하는 사람과 연결되는 통로이니까. 그런데 말이야……."

나리는 입가에 빙그르르 웃음을 지으며 목소리를 낮추었다.

"그렇게 원했던 애러비의 모습이 어떠냐 하면 말이야, 내가 볼 때는 이게 소설의 핵심이 아닌가 싶기도 한데, 성당같이 경건한 사랑이 있는 곳이라고 믿었던 그 곳은 청년들이 돈을 세고 경박하게 농담이나 주고받는 세계, 주인공이 다녔던 저속한 시장과 별 차이 없는 곳이었어. 그러니 얼마나 실망스러웠겠니. 그러니 마지막에 '깜깜한 속을 쳐다보며 내 자신이 허영심에 몰리고 조소를 당하는 인간으로 내 앞에 나타났다. 나의 눈은 고민과 분노로 불타고 있었다.' 로 서술되는 거지."

필남은 나리의 말에 절로 고개를 끄덕이면서 말했다

"결말이 납득이 잘 안 가더니만 그런 의미가 있었구나. 그럼 새로운 세계의 지향과 실망감을 다루고자 한 건가?"

"그렇게 봐도 되겠지. 작게는 사랑과 좌절, 크게는 새로운 세계의 발견으로 발표할까 해. '현실'과 '이상'으로 바꿔도 될 거고."

✳

열람실의 100석 좌석이 거의 다 찼다. 학교 홈페이지나 전단지를 보고 찾아온 신입생들이 특히 많았다. 제각각 공부나 글쓰기에 한가락 한다는 애들일 것이다. 그들의 표정은 팔짱 끼고 서 있는 심사관처럼 근엄해 보였다.

나리의 「애러비」 발표부터 있었다. 마이크를 통해 울려 나오는 나리의 목소리는 잔잔하면서도 힘이 있는데다 넘치지 않는 유머까지 있었다. 필남은 집에서 나누었던 「애러비」의 골격이 살과 피를 받아 튼튼하고 아름다운 몸으로 다시 태어나는 느낌을 받았다.

하지만 그도 잠시, 필남은 나리의 음성이 점점 멀어지고 있음을 느꼈다. 필남이 앉아 있는 의자가 한정 없이 뒤로 밀리는 것 같기도 했다. 가슴이 콩닥거리고 손바닥에 자꾸 땀이 찼다. 박수를 받으며 발표를 끝낸 나리가 필남에게 눈짓을 보냈다. 제 일을 잘 마쳤다는 안도감과 친구를 응원하는 따스함이 동시에 느껴지는 미소를 보며 필남은 자리에서 일어났다. 가슴이 쿵덕거리는 소리가 몸 밖으로까지 울리는 느낌인데다가 다리마저 후들거려 어떻게 단상 앞에 섰는지 모를 지경이었다.

열람실을 가득 메운 학생들의 눈이 필남을 주시하고 있었다. 맨 뒷줄에 앉아 있는 정현희 선생을 본 필남은 시선을 거기 비끄러매기로 했다. 필남은 그녀를 쳐다보며 크게 심호흡을 한 다음 원고를 펴 들었다. 발표문 형식으로 일일이 적길 잘했다고 생각하며 필남은 천천히 글을 읽어나갔다.

이윽고 질의 토론 시간, 매서운 질문들이 쏟아졌다. 모두 책이나 인터넷을 통해 공부를 단단히 했을 터였다. 「애러비」에 대해서는 주인공이 사는 거리, 죽은 신부와 신부가 버리고 간 소유물, 숙부와 숙모의 관계 같은 것이 많은 지면을 차지하고 있는 이유를 물어 왔는데, 나리는 주인공이 처한 현실의 모습과 그로부터의 단절감을 드러내는 장치라고 대답했다. 하지만 신부, 수도원의 묵상예행주간, 성배, 미사가 끝난 성당 등에서 보이는 종교와의 관련성을 묻는 현지의 질문에 대해서는 제대로 답을 하지 못했다. 「살인자들」의 주인공이 누구인지에 대해서는 발제자가 끼일 틈도 없이 관객들 사이에서 토론이 이어졌다.

정현희 선생은 총평에서 두 작품의 분석이 아주 좋았으며 토론의 수준 또한 상당했다고 기뻐했다. 특히 「The Killers」를 「살인 청부업자」로 번역한 필남을 높이 평가해 주었다. 나리가 필남을 보며 아자, 입 모양을 내는 동시에 주먹 쥔 손을 힘주어 내리는 시늉을 자그마하게 했다. 필남은 빙싯거리는 웃음으로 화답하고 정현희 선생에게 다시 눈길을 돌렸다.

그녀는 성장소설로 볼 수 있는가에 대해서, 「애러비」나 「살인 청부업자」가 같이 해당하는 문제인데, 그건 성장소설의 개념을 어떻게 잡는가에 따라 다르다고 했다. 적어도 성장을 다루려면 몇 년의 시간대가 필요하다고 보는 입장이면 성장소설로 볼 수 없겠지만 '악의 발견'이나 '새로운 세계의 발견' 또한 성장의 단면으로 본다면 두 작품을 성장소설로 볼 수 있을 거라고 말했다.

오월

사연이 있는 한 권의 책을 보내 주십시오


오월 첫 주에 신입생 면접이 있었다. 신입생과 관련한 모든 일은 부회장인 현지와 도서부장인 정은을 중심으로 이루어졌다. 필남은 원서와 함께 제출한 독서 감상문을 읽고 상·중·하로 나누는 일을 맡아 며칠 동안 서른여섯 편의 독후감을 읽었다. 15기 못지않게 후배들도 엘리트만 지원했는지 글 내용이 난해하고 다채로웠다. 필남은 그 사이 부지런히 책을 읽어대긴 했지만 남의 글을 평가할 수준은 못 된다고 생각하던 터라 여간 힘든 게 아니었다. 대상 작품을 읽지도 않았는데 감상문을 평가하라니 그도 못 할 노릇이었다. 할 수 없이 인터넷 검색을 통해 줄거리나 감상 포인트를 참고해 가며 글을 읽었다. 그런데 그렇게 몇 편을 읽다 보니 이상한 현상이 눈에 들어왔다. 제출한 대부분의 글이 몇 군데의 검색창에 뜨는 내용과 큰 차이가 없다는 점이었다. 어떤 글은 인터넷이나 책의 해설을 고스란히 베낀 것도 있었다. 그러자 대단히 잘 쓴 것처럼 보이던 글이 유치하고 가짜처럼 보였다. 필남은 글쓴이 나름의 생각이 글 속에 들어 있는가를 기준으로 삼아 다시 읽었다. 틀에 맞춰 반지르르 잘 빼낸 도자기보다 거친 손길이 드러나더라도 개인의 특징이 살아 있는 그릇을 선택하고 싶었다. 한편에서는 마땅히 그래야 한다는 생각도 들었다.

나리는 현지, 정은과 함께 면접 담당이었다. 한 명씩 들어온 지원자가 신상을 밝히면 질문이 들어갔다. 개중에는 학과공부에 방해가 되지 않느냐, 봉사활동시수를 몇 시간까지 받느냐, 백련 장학금은 몇 명에게 주느냐 등을 묻는 지원자들도 있었다. 컴퓨터 앞에 앉아 있던 필남은 그럴 때마다 고개를 들어 그들을 곁눈질했다. 작년에도 저런 애들이 있었을까 싶었다.

지나치게 긴장하거나 제대로 대답하지 못하는 지원자를 볼 때도 작년이 생각났다. 일 년 전인데도 벌써 아득한 느낌이 들었다. 돌이켜 보면 그때는 단단한 껍질 안에 웅크리고 앉아 편협하고 어리석게 지냈던 것 같았다. 그런 마음이 들자 새삼 백련의 일원이라 기쁘고, 친구인 나리가 고마웠다.

신입생이 들어오자 나리와 현지, 정은은 더욱 바빠졌다. 14기 선배들까지 참석하는 환영회를 준비하는 한편 신입생 교육도 해야 했다. 파손된 책 손질하기부터 라벨 붙이기, 리더기 사용법과 반납과 대출 입력하기 등을 가르치는 한편 백련의 의미와 전통을 빨리 익히도록 도와야 했다. 현지는 우리도 저랬나, 딱 일러 주는 것만 해, 청소나 책 정리는 기본 아닌가, 아무리 더러워도 가만히 있어, 내가 책을 이따만큼 들고 있어도 받아 주는 애 하나 없고 말이야, 라며 자주 투덜거렸다.

일 주일 뒤부터 도서출납 프로그램이 깔린 컴퓨터 앞에 1학년이 앉았다. 그들은 점심과 저녁 시간에 도서실에 와서 일반 학생들을 대상으로 한 대출과 반납 업무를 맡았다. 도서부장인 정은은 16기 두 명과 15기 한 명으로 구성한 당번 모둠을 짜고 학생들과 교사들이 희망하는 도서 목록을 작성하는 일을 했다. 책 구입이야 지도 교사가 학교 예산에 맞추어 규모와 시기를 결정하는 것이지만 도서 선정에 있어서는 도서부장의 의견서가 거의 그대로 반영되는 편이었다.

회장으로서 나리도 바빴다. 후배들을 만날 수 있는 시간이 한정되어 있었기 때문에 점심과 저녁 시간을 필남과 보낼 수가 없었다. 급식소에 나란히 앉아 밥 먹는 일조차 힘들어지면서 필남은 나리의 빈자리를 실감했다. 나리와 등나무 벤치에 앉거나 교문 통의 가로수 아래를 거닐었던 게 아득한 옛날 일 같기만 했다. 같이 있는 시간은 야간 자율학습을 마치고 나리의 집 앞에까지 가는 15분이 전부였다. 아침부터 밤까지의 긴 시간이 그 15분 때문에 존재하는 것만 같았다. 필남에게 하루는 길었고, 15분은 너무 짧았다. 얼마 전만 하더라도 혼자 지내는 게 당연하고 자연스러웠는데 고작 한두 달 만에, 익숙지 않은 옷을 걸친 것처럼 어색했고 버림받은 연인처럼 서글펐다. 열심히 읽어대던 책도 재미없었고 별일 아닌 것에 짜증이 받치기도 했다. 혼자 지낼 때는 전혀 생각지 못한 생소한 감정이었다. 나리와 나란히 걷기를 기다리면서도 정작 같이 있을 때는 심통 난 얼굴로 무뚝뚝해졌고, 나리의 집이 가까워지면 걸음을 일부러 늦추면서도 헤어질 때는 성급히 발걸음을 돌리고 말았다. 필남은 그런 순간마다 화가 치솟아 견딜 수 없었다. 하지만 어떨 때는 그런 자신이 한없이 못나고 초라해 보이기도 했다.

✼

들꽃학습원에서 옮겨 심은 코스모스는 제대로 자리잡기까지 며칠이 걸렸다. 50여 포기 중에서 반 정도는 며칠이 지나도 꺾인 고개를 일으켜 세우지 못했다. 하지만 그렇게 시르죽은 것 외에는 때마침 내린 비로 줄기를 반듯하게 세우고 이파리를 펴들기 시작했다. 일 주일이 지나자 솔잎같이 가늘었던 잎이 아기 손바닥만 하게 커졌다. 키도 성큼 자라 30센티미터 정도는 되어 보였다. 필남은 페트병을 거꾸로 들어 코스모스에게 물을 주었다. 페트병이 하나밖에 없어 건물 뒤편의 수돗가와 화단을 오간 지 벌써 여러 번이었다. 왔다갔다를 반복하다 보니 땀이 깐깐하게 배어 등줄기가 간질거리고 콧등 아래로 안경이 흘러내렸다. 그래도 코스모스가 대번에 생기를 얻는 게 예쁘고 신기하기만 한 필남은 땅이 흠뻑 젖도록 물을 부었다. 둥글게 고였던 물이 천천히 땅에 스미듯 필남의 마음도 조금씩 가라앉는 것 같았다.

그 날은 들꽃학습원에 가고 싶던 토요일이었다. 세 시에 백련 모임을 마치자 필남은 창문을 닫고 블라인드를 내리며 일부러 늑장을 부렸다. 조금 뒤쳐져 나리와 함께 나가기 위해서였다.

"먼저 갈게. 집에 일이 좀 있어."

필남의 옆을 쌩하니 스치며 나리가 말했다. 너무나 무심한 말투인 데다가 얼굴마저 찌푸리고 있어 필남은 벌써 저만치 달아나는 나리를 멍하니 바라볼 수밖에 없었다.

쓸쓸하고 황량한 마음으로 교문을 막 빠져 나온 필남의 눈에 나리의 뒷모습이 잡혔다. 같이 걷고 있는 애들은 현지와 정은이 틀림없었다. 그 순간 필남은 어질병이 든 사람처럼 휘청, 비틀거렸다.

나를 빼돌리고 저들끼리? 어디로? 무슨 일로? 필남은 온갖 생각이 다 났다. 하지만 결정적인 증거가 눈앞에 있는 한 모두 무력한 궁금증일 뿐이었다. 나리로부터 거부당한 마당에 저들이 어디로 간들, 어떤 일로 뭉치든 무슨 소용이 있겠느냐 싶었다. 필남은 거리를 채우며 걷는 그들의 뒷모습이 까마득하게 멀어질 때까지 움직일 수 없었다.

허위허위 걷다 보니 어느새 나리의 집 앞이었다. 빡빡하게 주차해 있던 차들도 없고, 계단을 오르내리는 사람도 없었다. 화단의 코스모스만이 필남을 알아본 듯 천천히 몸을 흔들었다. 애들이 나리네 집에 모여 있으면 어쩌나 싶었지만 필남은 물이라도 주고 싶었다. 지금 이 순간 유일한 위안으로 생각하는 코스모스에게 그 정도는 해 주어야만 할 것 같았다.

＊

이번 축제의 테마는 '사연이 있는 도서 전시 교환전'으로 정했다. 현지와 정은은 '아나바다' 장터처럼 개인 소유의 책을 사고파는 자리를 마련하자고 했다. 두 사람은 미리 의논이 된 건지 책 수집 방법과 홍보 문제, 진행 과정까지 거침없이 말했다.

그건 잘 안 되더라. 정현희 선생이 브레이크를 걸었다. 재작년에 그렇게 했는데 호응이 영 없었어. 축제 나름의 들뜬 분위기 때문인지 책을 읽거나 사고 싶어 하지 않더라. 그러니 책의 소중함이라든지 책에 대한 진정한 의미라는 것도 무색해져 버리고.

다시 의견이 오가면서 책을 통해 교사와 학생을 연결시키자는 나리의 아이디어로 초점이 모아졌다. 교사들이 소장하던 책을 사연과 함께 기증받아 전시하고, 전시가 끝난 다음에는 교환하도록 하자는 것이었다. 교사들의 손때 묻은 책을 사연과 함께 소개한다면 학생들이 전시장을 찾을 뿐더러 간직하려고도 하지 않겠냐는 것이었다. 필남이 보기에도 좋은 아이디어 같았다. 우선 필남만 하더라도 정현희 선생의 책이 나온다면 어느 전시장보다 먼저 둘러보고 그 책을 점찍어둘 것 같았다. 학생마다 마음에 두고 있는 교사들이 모두 다르다면 분명히 호응이 있을 것이다. 다만 수요에 비해 공급이 모자랄까 걱정이었다.

학생들까지 확대하면 되겠네. 친구나 선후배의 사연을 책과 함께 간직하는 것도 의미 있지 않을까? 교사도 도서 교환권으로 제자의 책을 가져갈 수 있겠고. 나리야, 정리해서 문안을 작성해 봐라. 이야기가 맴돌 때마다 정현희 선생이 적절하게 매듭을 지어 주어 일이 빨리 진행되었다.

빠르게 자판을 두드리던 나리가 A4 용지 한 장을 프린트기에서 뽑아 올렸다. 한마디씩 거들어 소제목과 문구를 손보면서 매끄럽게 다듬는 족족 나리는 다시 빠르게 자판을 눌렀다. 오케이 사인이 떨어지자 나리는 다시 마우스를 움직여가며 글자 크기며 문단 모양을 보기 좋게 뽑아내었다. 잠깐 만에 아주 그럴듯한 안내장이 탁자 위에 올려졌다. 그래, 이만하면 됐다. 복사는 학교 인쇄실에 맡길게. 화요일쯤에 나한테 와서 찾아가면 되겠다. 자, 모두들 수고했다. 오늘은 여기까지 하자.

그 말이 끝나자마자 현지가 자리에서 일어났다. 왜, 과자 좀 먹고 가지. 정현희 선생이 웬일이라는 듯 말했다. 일이 좀 있어서요. 가자, 정은아. 현지가 가방을 둘러메며 정은이 쪽을 보았다. 막 들었던 과자를 서둘러 놓고 정은이 현지 뒤를 따르는 걸 나리와 필남은 멍하니 보기만 했다. 우리가 뭐 섭섭하게 했나? 정현희 선생이 혼잣말로 중얼거렸다.

# 사연이 있는 책

– 책을 통해 선생님과 만나고 싶어요

오늘의 선생님을 있게 한 '한 권의 책'은 무엇입니까? 아름다운 마음으로 주고 받았던 책 선물을 아직도 잊지 않았습니까? 젊은 날, 긴 밤을 같이 보낸 책 속의 주인공을 아직도 기억하고 계십니까? 작가와 함께 분노하고 공감했던 인생의 의미들을 여전히 간직하고 계십니까?

혜원 축제를 맞이하여 도서 동아리 '백련'에서는 한 권의 책으로 소중한 사제지간을 이어보고자 합니다. 일찍이 선생님께서 읽었던 책을 제자가 다시 읽고 소장하는 것은 두고두고 잊지 못할 좋은 추억이 될 것입니다.

## 이·렇·게·진·행·합·니·다

1. 학생과 선생님은 책을 선정하고, 그 책에 얽힌 사연을 속표지에 메모한 뒤 제출합니다. 제출하신 분께는 '도서 교환권'을 드립니다.
2. 동아리에서 사연을 예쁜 편지지에 다시 옮겨 적어 코팅한 뒤, 책과 함께 보기 좋게 전시합니다.
3. 전시가 끝난 뒤, 도서 교환권과 희망하는 도서를 바꾸어 드립니다.

소중한 인연으로 돌려 드립니다.
사연이 있는 한 권의 책을 도서실로 보내 주십시오.


혜 원 여 고 도 서 동 아 리  백 련

아무리 부지런히 준비를 한다고 해도 축제 전날은 밤을 새울 수밖에 없다. 정규 수업이 끝나고 교실이 비워지는 금요일 오후 5시부터 전시실을 꾸미다 보니 다른 동아리들도 사정이 비슷했다. 점수가 매겨져 지원금이 차등 지급되는 혜원여고의 전통상 동아리끼리의 경쟁도 아주 심했다.

한지와 풍선으로 창과 천장 장식을 시작할 때쯤 현지를 비롯한 15기 몇 명이 아무 말 없이 사라져 버렸다. 처음에는 다른 동아리들이 어떻게 꾸미는지 보러 간 줄로만 알았는데 아무리 기다려도 돌아오지 않았다. 필남은 조마조마한 마음으로 나리 쪽을 곁눈질했다. 컴퓨터에 가려 표정을 읽을 수는 없었으나 틀림없이 화가 많이 나 있으리라. 1학년들도 이상한 분위기를 느꼈는지 자기네들끼리만 소곤거리며 한지 붙이는 속도가 처졌다.

컴퓨터 자판 소리만 기이하게 들리던 열람실의 침묵은 나리의 아버지가 나타날 때까지 계속되었다. 필남은 큰 키와 넓은 이마, 하얀 피부가 신기할 정도로 나리와 닮아 단번에 알아볼 수 있었다. 밝은 갈색의 바바리코트가 대학 교수의 품위를 한층 더 살려 주는 것 같았다. 넘 멋있어요, 맛있어요. 나리의 아

버지가 사온 피자를 먹으면서 동기나 후배들이 그 사이의 긴장
은 다 잊어버린 채 한 마디씩 했다. 하지만 나리의 얼굴은 여전
히 굳어 있었다. 필남은 슬그머니 일어나 밖으로 나왔다. 등교
하면서 맵짠 눈으로 집에 못 들어온다고 소리치긴 했지만 마음
한 구석이 내내 찜찜했기 때문이었다.

　필남은 공중전화 앞을 서성거리며 선뜻 들어지지 않는 수화
기만 바라보았다. 외박은 절대 안 된다는 김상사와 진주댁이
고리타분하고 짜증스러웠다. 자식들 하는 일에 그닥 관심을 두
지 않으면서도 이럴 때면 '무조건', '절대로' 라니 답답한 노릇
이었다. 작년과 달리 슬그머니 빠질 수도 없는 입장이라는 걸
아무리 말해도 소용없었다.

　필남은 결국 전화를 걸지 못하고 돌아섰다. 현관 입구에 나
리가 보였다. 내용은 제대로 들리지 않았지만 나리가 무슨 말
인가 속사포처럼 내뱉고 있었다. 현지 때문인가? 필남은 그렇
게 생각하면서도 나리 아버지의 표정이 너무 일그러져 있어서
의아했다. 잠시 뒤 나리는 아버지의 손을 뿌리치고 홱 하니 몸
을 돌렸다. 필남은 아무것도 보지 않은 것처럼 공중전화 쪽으
로 방향을 틀었다.

　옥죄이던 마음은 자정이 넘고 밤이 깊어감에 따라 될 대로
되라 하는 심정으로 변했다. 필남은 이튿날 아침이 되어서야

겨우 전화를 했다. 이 가시나가 지금 정신이 있는 기가, 없는 기가. 예상대로 전화선을 타고 게정스런 진주댁의 음성이 날아왔다. 그 옆에 강팔진 김상사가 서 있을 것 같아, 전선을 타고 이쪽으로 쑥 넘어올 것만 같아 필남은 서둘러 전화를 끊어 버렸다.

준비하면서 진을 다 뺐는지 정작 축제 때는 흥이 나지 않았다. 라면과 빵으로 끼니를 때운데다가 제대로 씻지도 못해 컨디션이 엉망이었다. 필남은 무대 공연이나 다른 동아리 전시장은 아예 가 보지도 못하고 서가 한쪽 구석에 힘없이 앉아 있었다. 도서 전시장을 찾는 손님들의 기척을 벽 사이로 느끼며 필남은 탁자에 고개를 묻었다. 강당에서 울리는 음악소리가 아련하게 들리는데, 몸은 자꾸만 나락으로 떨어지는 것만 같았.

온 식구가 감색 엘란트라를 타고 어디론가 가고 있었다. 필남은 왼쪽 뒷문에 몸을 꼭 붙이고 있었다. 민국은 엉덩이를 시트 앞쪽에 걸치고 앞좌석 목받침을 하나씩 잡고 있었다. 네 명이 앉기 위해서는 어쩔 수 없었다. 정남과 희남 언니는 MP3를 가운데 두고 이어폰을 나눠 낀 채로 앞만 바라보고 있었다.

개울을 따라 올라가던 차가 갑자기 터덕거리더니 어느 순간 멈춰 버리고 말았다. 자, 여기서부터는 걸어간다, 내려라. 변조된 것처럼 쇳소리가 섞이고 웅얼웅얼 울리는 목소리로 김상사가 말했다. 어디 가는데요? 민국의 질문을 무시하고, 에미 무덤에 가는데 니년들은 안 내리고 뭐하노, 진주댁이 몸을 돌리며 말했다. 필남에게라면 모를까 정남과 희남에게는 한번도 쓰지 않았던 거친 말투였다. 필남은 뭔가 이상하다 싶어 언니들 쪽을 힐끔거렸지만 그들은 여전히 무표정한 얼굴일 뿐 아무 반응이 없었다.

얕은 개울물은 바윗돌을 디뎌 가며 건널 수 있었다. 필남은 맨 뒤에 처져 발걸음을 옮기다가 어느 순간 반짝거리는 뭔가를 보았다. 고개를 숙여 물 속을 들여다보니 얼른얼른 비추는 얼굴 사이로 은빛 동전이 하나 보였다. 손을 집어넣어 주웠는데 또 하나가 보였다. 줍고 나니 또 하나, 한 걸음 떼어놓으니 또 하나가 있어 필남은 계속 줍게 되었다. 민국아, 필남은 목청껏 불렀으나 돌아보는 사람은 아무도 없었다. 필남은 호주머니에 동전을 끊임없이 넣으며 민국을 계속 불렀다.

불룩해진 주머니를 잡고 개울을 건너니 그 다음은 잘 닦인 아스팔트 길이었다. 저만치 앞서가는 식구들을 따라잡기 위해 필남은 걸음을 재게 놀렸다. 멀리서 작은 점 하나가 서서히 몸집을 드러내며 이쪽을 향해 오고 있었다. 햇빛을 받아 은색으로 반짝이는 차에서 내리는 사람은 뜻밖에도 준태 오빠였다. 오빠가 여길 어떻게? 의아하게 생각하며 필남이 뛰려고 하자

동전 하나가 바닥으로 흘렀다. 필남이 동전을 주워 드는 사이에 준태 오빠는 차로 되돌아가고 있었는데 진주댁의 팔을 낀 상태였다. 흐드러진 벚꽃같이 해사하게 웃으며 사뿐사뿐 걷는 진주댁은 그 사이에 진달래색 한복까지 곱게 차려 입고 있었다. 엄마, 필남은 달려가며 진주댁을 불렀다. 그런데 목소리가 밖으로 나오지 않았다. 엄마, 엄마……. 필남은 부르고 또 불렀지만 동전이 또르르 떨어지는 소리만 크게 울렸다.

누군가가 어깨를 흔드는 기척을 느낀 것도 그 순간이었다. 눈을 감은 채 여기가 어딘가 하고 필남은 생각했다. 필남아, 필남아. 얘가 깊이 잠들었나 보네. 나리의 음성이 들렸다. 하지만 고개가 들리지 않았다. 필남은 어깨에 내려앉은 나리의 손을 느끼며 죽은 듯이 가만히 있었다.

유월

## 꽃과 잎 사이가 이렇게 나쁠 수 있나

필남은 버스에서 급히 내렸다. 조기가 걸리는 공휴일이라 그
런지 주차장부터 몹시 붐볐다. 들꽃학습원 돌계단을 올라서서
필남은 눈이 가는 만큼 멀리서부터 훑어보았다. 꽃밭 옆이나
인공 연못 앞, 잔디밭이나 벚꽃나무 아래에 흩어져 있는 사람들
속에 나리의 모습은 보이지 않았다. 필남은 꽃밭 쪽으로 방향
을 잡았다. 그곳에는 보라색 꿀풀과 하얀 까치수염이 한창이었
고, 기린초도 질세라 별 모양의 노란 꽃을 피워 올리고 있었다.

농작물이 자라고 있는 언덕 위에까지 가서야 나리를 만날
수 있었다. 나리는 하얀 꽃나무 아래의 벤치에 꼿꼿하게 앉아
있었다.

"뭐야? 여기서도 바른 자센가?"

필남은 나리가 평소에 잘 쓰던, 유명 개그맨의 유행어를 조크랍시고 던지며 나리에게 다가갔다. 어, 왔네, 라고 말하며 나리가 옆으로 비켜 앉는 시늉을 했다. 필남은 나리 옆에 앉았다. 눈 아래로 자주색 꽃밭이 넓게 펼쳐져 있었다.

"야아, 좋다. 숨이 막힐 거 같네. 저기 보고 있었니?"

"응."

"여기를 자주 다녔어도 처음 보는 거 같은데, 모란꽃인가?"

"작약이라고 적혀 있던걸. 저렇게 많이 심어 놓은 걸 보면 식용일까? 아니면 약용?"

"꽃을? 그래서 키가 저렇게 고른가?"

"몰라, 그냥 여기 앉아서 그런 생각도 해 봤다는 거지."

"야, 이럴 것이 아니라 저리 한번 가 보자."

필남은 나리에게 언짢은 일이 있다는 것을, 뭔가 답답한 마음에 들꽃학습원을 찾았고 필남에게까지 전화를 한 것을 아랑곳 않고 나리의 손을 이끌었다. 둔덕을 따라 작약 밭까지 내려온 필남은 나리에게 속삭이듯 말하고는 밭을 향해 땅바닥에 쪼그리고 앉았다.

"이렇게 앉아서 바라봐, 꽃과 눈높이를 맞춰서."

잠시 뒤 엉거주춤 앉은 나리의 입에서 탄성이 터져 나왔다.

"어쩜, 자주색 카펫이야. 둥그스름한 밭고랑 사이로 빨려들 것만 같아."

더 이상의 말은 없었다. 필남 역시 단단히 말아 쥔 꽃봉오리에서 피기 시작하는 꽃, 이미 만개한 꽃으로 시선을 옮겨가며 하염없이 바라보았다.

한참 만에 일어서면서 나리가 필남에게 말했다.

"넌 참 신기해. 앉아서 보는 게 멋있다는 걸 어떻게 알았지?"

필남은 저릿저릿한 다리 때문에 팔짝팔짝 뛰면서 나리를 보고 쓱 웃었다. 보풀 같은 먼지가 땅에서 일었다.

"신기하긴, 그냥 내키는 대로 보는 거지, 뭐. 작약이 그렇게 봐 달라고 하던데, 그 말을 나만 들었나?"

"어쭈, 농담도 잘하셔. ……와 줘서 고맙고."

"……."

"아빠 집에 가는 게 점점 싫어져. 두 사람의 관심사는 온통 태어날 아기뿐이야. 벌써부터 아기용품이 한 방 가득해."

"결, 혼, 하셨어?"

"지난 달에. 임신은 그 이전인 거 같고. 나는 말이야, 아빠에 겐 아빠 인생이 있다고 생각해. 그러니 나는 나대로 열심히 살자 매순간 다짐하거든. 그런데도 아빠를 보면 화가 나. 젊은 여자에게 매달려 사는 것 보면 미워 죽겠어."

"좀 과민한 건 아닐까? 축제 때 학교까지 오셨잖아."

"잘하시지. 근데 속상하고 서운한 일이 아주 많아. 내가 아직 덜 자라서 그럴까?"

그렇게 말하면서 나리는 필남을 바라보며 슬쩍 웃어 보였다. 눈물을 흘리거나 인상을 구기는 것보다 더 쓸쓸해 보여 필남의 가슴 한편이 저릿했다.

지난 달이라면 16기 교육과 축제 준비에 아주 바빴을 때였다. 그 와중에 아버지의 결혼식이 있었던 모양이었다. 그런데 필남은 그런 줄도 모르고 나리를 오해하고 섭섭한 마음을 가졌다. 필남은 그런 자신이 부끄러운 한편 어려움을 딛고 동아리 일을 잘 추슬러 온 나리가 다시 보였다. 필남이라면 그러지 못했을 것 같았다. 필남은 그 동안 남에게 가족 이야기를 하지 않았다. 부모의 직업을 떳떳하게 말하기 어려웠고, 형제자매가 몇 명이라고 물어오는 게 싫었다. 남들과 어울리지 못하고 혼자만 지내는 것도 그런 집안 사정 때문이라고 생각했다. 공부를 잘해봤자 서울에 있는 대학에는 못 갈 것이라고 지레짐작했다. 복잡하고 어려운 집안 사정이 하기 싫은 공부를 안 하는 핑계거리 역할을 하고 있었음을 필남은 나리를 통해 깨달을 수 있었다.

*

　「어둠의 혼」은 단숨에 읽히는 소설이었다. 문장이 아주 짧은데다 현재형으로 적혀 있어 다른 생각을 할 겨를이 없었다. 처음부터 아버지가 총살당할 거라고 시작하고 있으니 어, 그래, 정말인가, 그렇다면 언제일까, 등을 생각하며 읽다 보니 어느새 끝이었다.

　필남은 노을이 지기 시작하는 시간부터 아버지의 주검을 확인하는 밤까지 주인공 '갑해'의 뒤를 바짝 붙어 다닌 느낌이었다. 이모부를 뿌리치고 혼자 낙동강으로 내달리는 갑해를 따라가며 숨이 가빴고, '달빛에 뿌옇게 드러난 강둑에서 잉어 비늘처럼 번뜩이는 강물을 보며 두려움으로 사시나무처럼 떠는' 갑해를 보며 같은 떨림을 느꼈다. '그 느낌을 꼬집어 내어 설명할 수는 없었으나, 이를테면 살아가는 데 용기를 가져야 하고 어떤 어려움도 슬픔도 이겨내야 한다는 그런 내용의 것'의 깨달음도 충분히 공감이 갔다.

　그와 반대로 「중국인 거리」는 오래도록 붙잡게 되는 소설이었다. 단순히 분량의 문제가 아니라 몇 년에 걸친 시간대에다가 인물과 삽화 또한 다양했기 때문이었다. 인상을 찌푸리거나 숨을 멈추게 하는 강렬한 장면이 연속적으로 나타나는데다 문

장의 길이 또한 만만찮아서 잠깐 만에 읽을 수 있는 글이 아니
었다.

우선 필남의 눈앞에 외따로 떨어진 언덕에 덧문을 모두 닫
고 완강하게 버티고 있는 집들이며 양공주가 세 들어 사는 거
리, 공원과 부두가 선명하게 펼쳐졌다. 해인초 끓이는 냄새는
소설 밖에까지 묻어났으며, 바람을 찢는 칼 소리와 성당의 종
소리 또한 가까이서 들리는 듯했다. 제 새끼를 잡아먹는 고양
이와 칼 맞은 고양이, 산고를 치르는 어머니의 영상 또한 소름
을 끼치게 했다.

등장하는 여자들은 하나같이 불쌍했다. 죽을지도 모르면서
아이를 여덟이나 낳는 어머니와 병들어 죽는 할머니, 검둥이에
게 던져져 죽는 매기 언니와 고아원으로 보내지는 제니가 그러
했고, 의붓어미에게 맞다가 미장원으로 보내지는 치옥이 또한
가엾기 짝이 없었다.

필남은 주인공의 어머니가 수채에 쪼그리고 앉아 으윽으윽
구역질을 하는 장면을 읽으며 자연스럽게 진주댁을 떠올렸다.
죽게 될지도 모르면서 또 아이를 낳으려 하는 아내에 대해 아
무 대책 없는 소설 속 남편과 김상사도 오버랩 되었다. 부모를
보면 필남은 언제나 진주댁이 불쌍하고 안타까웠다. 어린 아들
을 친정에 맡겨 놓고 뭐가 좋아서 딸이 둘이나 딸린 이혼남과

결혼했을까? 제 자식 거두어야 할 손으로 전처 자식 챙기는 심정은 또 어땠을까? 남편의 술주정과 손찌검까지 감내하며 살아야 할 이유가 있을까? 그래서 간혹 술을 억병으로 마실 수밖에 없을 것이라 짐작하지만 그렇다고 술 취한 어머니를 이해하는 것도 아니었다. 부모의 재혼이 아니었으면 자신 또한 세상에 없었을 거라고 생각하면서도 필남은 김상사와 진주댁이 마음에 들지 않았다.

그 무엇보다 소설의 핵심은 '나'를 바라보는 젊은 중국인의 눈과 그에 대한 나의 인식인 것 같았다. '상상과 호기심의 효모'라고 느끼는 중국인의 시선을 '나'는 이발소와 거리, 공원에서 느끼고, 6학년 때는 선물까지 받게 된다. 남자의 시선은 이를테면 아편쟁이, 밀수업자의 시선인 셈인데, 이는 주인공으로 하여금 나의 세계를 침범할지 모른다는 초조감(焦燥感)을 느끼게 만든다. 이 초조감은 여덟 번째의 자식을 밀어내는 어머니의 산고와 겹치고, 나의 초조(初潮)와도 절묘하게 연결된다.

필남은 강렬한 이미지와 장면에 이끌려 천천히 글을 다시 읽었다. 이번에는 문장 자체의 아름다움이 눈에 들어왔다. 가슴 밑바닥까지 뒤흔드는 문장에 밑줄이 그어졌다. 필남은 공책을 꺼내 '오정희'라는 이름을 되뇌며 소설 속 문장을 그대로 옮겨 적었다.

······햇빛도, 지나다니는 사람들의 얼굴도, 치마 밑으로 펄럭이며 기어드는 사나운 봄바람도 모두 노오랬다.

······노오란 햇빛이 다글다글 끓으며 들어와 먼지를 떠올려 방 안은 온실과도 같았다. 나는 문의 쇠장식에 달아오른 뺨을 대며 바깥을 내다보았다. 그리고 다시 중국인 거리의 이층집 열린 덧문과 이켠을 보고 있는 젊은 남자의 얼굴을 보았다. 그러자 알지 못할 슬픔이, 비애라고나 말해야 할 아픔이 가슴에서부터 파상을 이루며 전신으로 퍼져 나갔다.

······빈 항아리의 좁은 아구리에 얼굴을 들이밀어도 온몸의 뼈가 물러앉은 듯한 센 물살과도 같은 슬픔은 사라지지 않았다.

······차가운 공기 속에 연한 봄의 숨결이 숨어 있었다. 나는 따뜻한 핏속에 돋아오르는 순(筍)을, 참을 수 없는 근지러움으로 감지했다.

······안방에서는 어머니가 산고(産苦)의 비명을 지르고 있었으나 나는 이층으로 올라갔다. 그리고 숨바꼭질을 할 때처럼 몰

래 벽장 속으로 숨어 들어갔다. 한낮이어도 벽장 속은 한 점의 빛도 들이지 않아 어두웠다. 나는 차라리 죽여 줘라고 부르짖는 어머니의 비명과 언제부터인가 울리기 시작한 종소리를 들으며 죽음과도 같은 낮잠에 빠져 들어갔다.

'가게 앞에 내놓은 의자에 앉아 말없이 오랫동안 대통 담배를 피우는' 중국인 거리의 늙은이들처럼, 혹은 해인초를 한 사발 들이키고 '노란빛의 혼미 속에 점차 빠져드는' 아이처럼 필남은 베낀 문장들을 앞에 두고 한동안 먹먹한 심정으로 앉아 있었다.

✳

작약 밭에서 올라와 벤치에 다시 앉았다. 그 사이 나리의 얼굴은 많이 밝아져 있었다. 멀리 연두에서 초록으로 짙어 가는 벚나무와 울긋불긋한 꽃밭이 눈에 들어왔다. 하느작하느작 움직이는 사람들도 주로 그 곳에만 모여 있을 뿐 필남과 나리가 앉아 있는 쪽으로는 오지 않았다. 개나리꽃 모양으로 생긴 흰색 통꽃이 필남의 무릎 위에 떨어졌다.

"이게 무슨 꽃이지?"

"거기 한번 봐라. 옆에 팻말이 있는 거 같은데."

잎은 둔한 톱니 모양이고, 줄기와 가지가 아주 많아 넓게 퍼져 있었다. 긴 꽃대에 여러 개의 꽃이 아래에서 위까지 줄줄이 달려 있는, 그 나무의 이름은 때죽나무였다.

"참 희한하다. 꽃과 잎 사이가 이렇게 나쁠 수 있나?"

조금씩 늘어진 꽃이 모두 땅바닥 쪽으로 처져 있는 걸 나리역시 신기하게 보고 있는데 필남이 불쑥 말했다. 나리는 필남의 표현력에 다시 한 번 놀랐다.

"사이가 나쁘다고? 정말 그러네. 같은 줄기에서 나오는데 잎은 하늘을 향하고, 꽃은 땅만 바라보네. 가까워야 할 것 같은 관계가 이럴 수도 있네."

"……."

"꼭 예전의 우리 아빠와 엄마를 보는 거 같다. 두 사람이 그랬거든. 내가 보면 아빠는 아빠대로 엄마는 엄마대로 참 좋으신 분이었는데 결국은 갈라서고 말더라. 저 잎과 꽃더러 한 방향을 보라고 하면 못 살까? 그래도 저 꽃은 서로 등진 상태지만 붙어 있긴 하네. 엄마는 그럴 수 없었을까? 아빠를 떠나지 않으면 안 되었을까?"

느릿느릿, 나리의 중얼거림 위로 하얀 꽃잎이 하나 둘 떨어졌다. 필남은 꽃과 잎과 나리를 번갈아 바라보며 말없이 앉아 있었다.

＊

　중간고사 이후에 과목마다 실기평가와 수행평가가 있었다. 음악 시간에 이태리 가곡인 '오 솔레 미오'를 외워 부르고, 체육 시간에는 '이단 줄넘기 뛰기'를 해야 했다. 쉬는 시간마다 어색한 외국 노랫가락이 교실마다 흐르고, 운동장이나 체육관 구석에서는 줄넘기하는 모습을 쉽게 볼 수 있었다. 필남과 나리도 저녁 시간마다 줄넘기 연습을 했다. 간신히 두 개 정도만 넘었던 필남은 열 개 정도까지 올렸는데 별 차이 없었던 나리는 스무 개까지 채워 만점을 받았다. 필남은 마음먹는 무엇이든 끝까지 밀어붙이는 나리의 힘에 감탄할 수밖에 없었다. 필남은 적당한 선에서 포기하거나 게으름을 부리는 경우가 많은데 나리는 옆도 뒤도 돌아보지 않고 열심히 했다. 억지로 하지 않아서 그런지 지치는 법도 없었다. 기꺼이 자신을 몰아넣은 다음 즐겁게 빠져들었다. 필남이 유일하게 나리와 수준을 맞춘 것은 '박완서'의 「도둑맞은 가난」의 감상문을 쓴 문학 과목 수행평가뿐이었다.

# 칠월

그리워하다 그리워하다 목이 길어진
나리꽃 한 송이씩 되어

기말고사 시간표가 발표되었다. 금요일인 6일부터 시작하여 다음 화요일인 10일까지였다. 조례를 마치고 담임이 나가자 여기저기서 투덜거리는 소리가 들렸다. 주말과 휴일도 노는 꼴을 못 봐 주겠다 이거지, 라는 누군가의 말을 글쎄 말이야, 교회는 어쩌노, 라고 받고, 다시 아이구 고딩 신세, 로 이어지며 한마디씩 거들었다. 하지만 눈빛들은 벌써부터 날카로웠다. 여기저기 입에서 나오는 대로 떠들지만 마음 속으로 결심들이 따로 흐를 게 틀림없었다. 학기별로 산출하는 내신 성적에 초연할 수 있는 학생은 아무도 없을 것이기 때문이었다.

필남은 대각선으로 비켜 앉아 있는 나리를 바라보았다. 나리는 다른 애들과 마찬가지로 칠판에 적힌 시험 시간표를 옮겨 적고 있었으나 책상 아래에서 휴대폰을 슬쩍슬쩍 곁눈질하고 있었다. 예전 같으면 내팽개치듯 집에 던져 두거나 가방에 처박아 두던 휴대폰이었다. 그래서 어쩌다가 열어 보면 부재중 전화가 몇 통씩이나 와 있고, 대개의 경우 아버지라고 나리는 말했었다. 그러던 휴대폰이 어느 날부턴가 나리의 호주머니나 손에서 떠나지 않았다. 무슨 일일까? 성적 문제는 아닌 것이 분명했다. 아버지? 현지? 혹시? 여러 가능성을 떠올리며 필남은 걱정스럽고 불안했다.

하굣길에 필남은 나리가 휴대폰을 열어 보던 순간을 낚아채어 기어이 입을 열고 말았다.

"어디 연락 올 때 있니?"

"응."

반소매 사이로 불어드는 초여름밤의 바람처럼 나리는 짧고 담백하게 대답했다. 한동안 벼르다가 조심스럽게 말을 끄집어낸 필남이 되려 당황스러울 정도였다. 하지만 이왕 여기까지 온 바에야, 필남은 내처 달리기로 마음먹고 나리에게 말했다.

"너, 요즘 이상해진 거 알아?"

"응? 내가?"

"봐, 지금도 놀라고 있잖아. 손에서 폰을 놓지 않고 공부도

건성이더라. 게다가……."

그 순간 나리가 헤실헤실 웃는 바람에 필남은 더 이상 말을 할 수가 없었다.

"왜 그래? 큰맘 먹고 심각하게 하는 얘긴데."

그래도 나리는 바람에 와와거리는 깃발처럼 한참 동안을 더 낄낄거렸다.

"미안, 미안. 네가 열 내고 흥분하는 게 이상해서 말이야. 얘가 어떻게 저러냐 싶을 정도로 넌 항상 평상심이잖아."

그건 오해였다. 필남의 마음이 얼마나 변덕스럽고 구차한지, 좀스럽고 편협한지 모르고 하는 소리였다. 나리의 말 한 마디나 행동 하나에 얼마나 많이 동요하는지 모르고 하는 소리였다. 갑자기 맥이 빠지고 무안해진 필남은 골난 아이처럼 씩씩대며 앞만 보고 걸었다.

"왜 그래? 정말 화났어? 내 다 얘기할게. 사실은 말이야, 요즘 누굴 좀 만나고 있어. 너도 알 거야. 한 달 전쯤 할인매장에서 같이 본 게 처음이니까."

"저, 정은이 사촌 오빠라는 사람?"

필남은 나비물을 맞은 것처럼 몸과 마음이 서늘해짐을 느꼈다.

"응. 넌 어땠어? 잘 생겼지? 그 동안 몇 번 만났는데 좋아. 같이 있으면 참 재미있어."

"……."

"본격적으로 사귀자 그러더라. 고3인데 공부에 방해 안 되냐고 그랬더니 자긴 '수시모집'으로 대학 갈 거니 걱정 말래."

소매를 잡아끄는 바람에 필남은 걸음을 멈추고 나리가 열어 보이는 휴대폰을 보았다. 초기 화면에 재혁의 얼굴이 저장되어 있었다. 할인매장에서 얼핏 볼 때와는 이미지가 많이 달라 보였다.

"어때? 괜찮지? 디카 가지고 셀프로 찍은 거래. 이 폰에도 걔가 넣어 준 거야."

엄지손가락으로 화면을 쓰다듬으며 나리가 말했다. 필남은 모든 게 보기 싫고 듣기 싫었지만 한껏 부풀은 나리의 기분에 찬물을 끼얹을 배짱까지는 없었다.

어느새 나리의 집 앞에까지 왔다. 그 사이 쑥쑥 키가 큰 코스모스를 보자 필남은 어쩐지 울컥 목이 메었다. 칠월의 바람에 흔들리는 코스모스처럼 필남 역시 나리의 말에 휘청거리고 있었으니까.

"아침에 눈을 뜨면 어느새 걔를 생각하고 있어. 나도 모르는 사이에 걔가 내 맘 속에 들어와 있는 거야. 이상하지? 나도 정말 신기해."

그런 거라면 모를 리 없었지만, 그래서 나도 그래, 라고 말할 뻔 했으나 필남은 코스모스만 바라보았다. 어둠 속에서도 환하게 빛날 나리의 얼굴과 눈빛을 감당하기 어려울 것 같았다.

희멀겋게 시든 볼, 광택 없는 콧등에 걸린 두꺼운 안경, 이마를 가린 머리카락. 필남은 차창에 비친 자신의 얼굴을 뚫어지게 바라보았다. 나리가 주제 발표한 「애러비」 마지막 장면이 떠올랐다. 휘장 한쪽 끝으로부터 불이 꺼졌다고 외치는 소리가 들리는 캄캄한 홀, 필남은 지금 그 어둠 속을 뚫어져라 노려보고 있는 것만 같았다. 소설의 주인공처럼 필남도 허영에 몰리고 허영의 조롱을 받는 짐승의 심정이 되어 고뇌와 분노에 활활 탈 것만 같았다. 우줄우줄 흐르는 버스에 몸을 실은 필남은 두꺼운 안경 너머로 어두운 차창에 박힌 얼굴을 잡아먹을 듯이 노려보았다. 가슴이 더워지고 눈이 시려올 때까지.

✳

첫날에는 영어, 한국근현대사, 국어생활 과목을 치렀다. 왁자한 분위기에다가 청소가 제대로 되지 않았지만 담임은 너그럽게 종례를 해 주었다. 모처럼 한낮에 일과를 마친 학생들은 내일 시험을 위해 독서실이나 학원, 학교 정독실이나 집으로 각자 흩어졌다.

　교문 앞에서 나리는 약속이 있다면서 필남에게 집 열쇠를 주었다. 먼저 가서 공부하고 있으라는 뜻이었다.

　- 오늘 시험 망쳤다면서 어딜?

　순간적으로 감정이 폭발하는 바람에 하마터면 소리를 지를 뻔했다. 시험 기간까지 재혁을 만나야 하냐고 따질 뻔했다. 공부로 남에게 뒤지는 건 참을 수 없다던 네 말은 어디로 사라졌냐고 추궁하고 싶었다. 하지만 필남은 입술까지 치오르는 말을 억지로 삼켰다. 바르르 떨리는 마음 같아서는 내미는 열쇠를 거절하고 팩 돌아서고 싶었으나 필남은 그렇게 하지도 못했다. 누군가를 마음에 담는다는 건 모멸감까지 견디는 것이기 때문이었다. 필남은 햇빛을 받아 은박지처럼 반짝이는 열쇠를 나리에게 받고 천천히 걸음을 옮겼다.

　주인 없는 빈집에 들어가면 뭐하나, 하는 생각이 든 건 나리의 집에 다 와 가서였다. 잠시 망설이던 필남은 때마침 지나가는 들꽃학습원행 버스를 잡아탔다.

　하얀 까치수염과 노란 기린초 군락 사이에 대를 뻗어 올린 나리꽃밭이 필남의 시선을 붙잡았다. 나리에게 보여 주고 싶어 기다렸던 나리꽃인데 언제부터인지 저 홀로 망울을 터뜨리고 있었나 보았다. 짙은 주황색 꽃잎에 까만 점이 박혀 있는 참나리를 비롯하여 노란색 황금나리와 말나리, 하늘나리에서 애기나리까지 여러 종류의 나리꽃이 제각각 목을 뺀 채 꽃을 피워 올렸다.

필남은 필통에서 연필용 칼을 꺼내 막 피기 시작한 참나리 한 송이를 꺾었다. 참나리 마디마디에서 까맣게 여물고 있는 구슬눈도 몇 개 따서 호주머니에 넣었다. 평일이라 인적이 드물어 다행이었지만 식은땀이 다 났다. 그 동안 꽃을 꺾는 꼬마나 어른을 볼 때 한껏 경멸하던 필남이었기에 더욱 조심스러웠다. 그들도 무슨 이유가 있었겠구나. 필남은 나리꽃을 자르며 과거 사람들을 함부로 재단한 것에 대해 미안한 마음이 들었다.

칠월의 해는 길었고, 나리는 아직 집에 돌아와 있지 않았다. 가까스로 진정시켰던 필남의 마음이 다시 소용돌이쳤다. 필남 자신이 돌아다니는 건 아무렇지 않지만 나리는 시험 준비에 소홀할 수 없었다. 그래서는 안 된다는 생각, 이럴 수는 없다는 생각, 하지만 지켜볼 수밖에 다른 도리가 없다는 것에 필남은 저 혼자 걱정하고 저 혼자 화가 났다.

구슬눈은 코스모스 옆에 심고, 나리꽃은 유리컵에 꽂아 식탁 위에 올렸다. 그리고 '도종환'의 시, '나리꽃'을 모자이크 한 책받침을 꺼냈다. 그것은 필남이 잡지에서 낱낱의 글자를 오려내어 붙인 다음 두꺼운 비닐로 코팅한 것이었는데 나리에게 주려고 간직하고 있었던 것이었다. 필남은 수업 시간의 정현희 선생처럼 목소리를 가다듬고 천천히 시를 읽었다.

## 나리꽃

도종환

세월의 어느 물가에 나란히 앉아
나리꽃만 한나절 무심히 바라보았으면 싶습니다
흐르는 물에 머리 감아 바람에 말리고
물소리에 귀를 씻으며 나이가 들었으면 싶습니다
살다보면 어느 날 큰물 지는 날
서로 손을 잡고 견디다가도
목숨의 이파리 끝까지 물은 차올라
물줄기에 쓸려가는 날 있겠지요
삼천 굽이 물줄기 두 발짝도 못 가서 손을 잃고
영영 헤어지기도 하겠지요
그러면 또다시 태어나는 세상의 남은 생애를
세월의 어느 물가에서 따로따로 그리워하며 살겠지요
그리워하다 그리워하다 목이 길어진 나리꽃 한 송이씩 되어
바위 틈에서고 잡풀 속에서고 살아가겠지요.

읽고 나니 괜스레 머쓱했다. 나리꽃을 자를 때처럼 숨어서 지켜 보는 사람이 있을 것만 같아 둘레둘레 살펴졌다. 하지만 하루 종일 지상을 담근질한 태양의 마지막 빛만 침대와 바닥에 걸쳐 있을 뿐 실내는 정적뿐이었다. 필남은 책받침을 들고 걸음을 떼며 시를 다시 읽었다. 햇살 한 줄기가 걸쳐 있는 책상에 엉덩이를 붙였다가 침대 끝으로 옮겨 걸터앉았다. 시를 다 읽자 필남은 반듯하게 펼쳐져 있는 이부자리를 들추고 베개에 머리를 뉘어 보았다. 나리가 쓰는 샴푸 향이 코끝을 간질였다. 그러자 발끝에서부터 봄날 아지랑이 같은 것이 스멀스멀 기어올랐다. 방 안 가득한 더위 때문인지, 필남의 마음에서 비롯한 야릇한 열기 때문인지 온몸이 간지러웠다. 땀에 절은 교복 셔츠와 스커트를 벗어도 마찬가지였다. 아지랑이는 하얀 러닝셔츠와 팬티 속을 이리저리 헤집으며 피부를 붉히는 것 같았다. 벅벅 배를 긁다가 필남은 옷걸이에 걸린 나리의 분홍색 원피스 잠옷을 보았다. 목과 민소매 단에 붙은 프릴을 만지작거리다가 머리를 집어넣었다. 키 차이 때문인지 밑단이 종아리까지 내려왔다. 필남은 거울에 비친 자신의 모습을 보았다. 안경을 벗고 나리의 머리 모양을 흉내내어 보긴 했으나 그렇다고 나리와 같아지는 건 아니었다. 어색하고 낯설어 보일 뿐이라 필남은 침대 위로 벌렁 누워버렸다. 파도를 타면 이럴까 싶을 정도로 몸이 붕붕 뜨고 어지러웠다. 여전히 덥다고 느끼며 필남은 '그리워하다 ……그리워어하다 ……모오……기 ……길어진 ……나아리……꼬옻'을 다시 중얼거리다 눈을 감았다.

＊

기말고사를 망치고, 그 충격으로 말수가 엄청 줄었음에도 불구하고 나리는 재혁과 계속 만났다. 늦은 밤, 할인매장이나 편의점에서 그들을 보았다는 애들이 생기고, 오토바이를 타고 쌩하니 달리더라는 소문도 들렸다. 그런 말이 들릴 때마다 필남은 어쩐지 살갗이 가려워 팔이며 손등을 벅벅 긁었다. 금세 붉어진 피부 사이로 작은 핏방울이 맺히기도 했지만 가려움증은 가시지 않았다.

나리의 얼굴은 날이 갈수록 갓 씻은 오이처럼 싱싱하고 우유에 담갔다가 꺼낸 것처럼 뽀얘졌다. 팔다리는 투명 니스를 바른 것처럼 탱탱하게 빛났고, 목은 나리꽃처럼 길어졌다. 필남은 황홀과 절망을 함께 느끼며 나리를 바라보았다. 향기와 역겨움이, 사랑과 불안이 이토록 가까운 거리에 있다는 것에 놀라며 필남은 시간을 죽여야만 했다.

『데미안』으로 들어가는 문은 '데미안, 에밀 싱클레어의 젊은 날의 이야기'라는 제목으로부터 시작한다. 이는 주인공이 데미안이 아니라 싱클레어임을 드러내는 동시에 성년의 싱클레어가 자신의 과거 이야기를 하는 형식임을 보여 주는 것이다. 그러니 이 소설은 싱클레어의 성장과 변화에 초점을 맞추어 읽어야 한다.

　8장의 내용은 싱클레어의 성장에 맞추어 크게 3단계로 나누어진다. 1단계는 초등학교 시절로 싱클레어는 '크로머'로 인해 어두운 세계를 처음 체험하고 괴로워한다. 이런 상황을 도와주는 인물이 데미안이다. 데미안은 싱클레어에게 어두운 세계를 무조건 배척할 게 아니라 수용할 수 있는 대담성을 가져야 한다고 말한다. 카인의 표적을 지니지 않고는 세계에 대한 이해도, 자신을 향한 길 찾기도 어렵다는 뜻이다.

　'악마적 속성'의 수용이라니……. 필남은 읽기를 멈추고 다시 한 번 생각을 정리해야만 했다. 필남에게 악마적 속성은 거친 욕설, 질투와 잔소리, 술주정과 싸움으로 세월을 보내는 아버지의 세계였고, 그런 핏줄을 미워하고 경멸하고 있는 자신의 마음이었다. 아버지는 미웠고, 미워하는 자신의 마음에 대해서는 죄의식을 가졌던 터라 데미안의 말은 그 어떤 계시처럼 필남에게 들렸다. 필남은 도덕책과 다르게 말하는 데미안에게 마음을 빼앗기지 않을 수 없었다. 악마성은 기존 질서와 종교를 배반하고 나아가 미풍양속을 해치는 것일 텐데도 데미안은 부모를 거부하는 것을 당연한 것이라 말하고 있어서였다.

2단계에서 싱클레어는 많은 변화를 겪는다. 고향의 부모를 대표하는 밝은 세계의 보호를 받던 싱클레어는 김나지움에 입학하면서부터 어두운 세계로 전락한다. '이전에 크로머였던 것이 지금은 내 자신 속에 있다.'고 말하는 싱클레어는 공부는 뒷전이고 날마다 술에 빠져 지내며 세상을 비웃는다. 폐인처럼 살던 어느 날, 싱클레어는 베아트리체를 만나며 성자가 되려는 사제처럼 밝은 세계를 지향한다. 그러다가 싱클레어는 무의식 상태에서 그린 얼굴이 데미안을 닮았을 뿐 아니라 자기 자신의 모습 같기도 하다는 것을 깨닫는다. 이런 각성은 친구이자 스승인 피스토리우스와 결별하는 행동으로 이어져 싱클레어 역시 데미안과 마찬가지로 악마성과 신성이라는 양극단의 가치를 자기 속에서 결합시키고 있음을 보여 준다.

3단계는 싱클레어가 이미 발견한 '나'의 모습을 현실에서 확인하는 부분으로, 에바 부인과의 만남을 통해 보여 준다. 싱클레어는 에바 부인을 사랑하면서 그녀가 데미안의 어머니인

동시에 자신의 내면의 상징이라는 것을 깨닫는다. 전쟁터에서 부상 당해 누워 있을 때, 데미안을 통해 에바 부인의 키스를 받는 것으로 미루어 볼 때 데미안과 에바 부인 역시 이러한 싱클레어의 자기 찾기를 인정하고 있음을 알 수 있다.

결국, 부상 당한 싱클레어의 회상, 이것이 소설의 전부였던 셈이다. 마지막까지 다 읽은 필남은 다시 첫 페이지로 돌아와 글에 집중하기 시작했다. 벌써 세 번째였다. 뭐가 뭔지 헷갈렸던 처음과 달리 두 번째에서 주인공과 전체 흐름을 파악할 수 있었다면 이제는 여러 상징들을 살펴보면서 주제에 접근하고 싶었다.

우선 데미안, 그는 싱클레어를 가르치고 인도하는 인물이다. 그는 도덕적인 판단 안에서만 사는 사람들과 달리 인물이나 상황을 다르게 보고 새롭게 평가한다. 오직 자신의 지향대로만 생각하고 행동한다. 싱클레어는 그런 데미안을 닮으려고 애쓰며 자신의 길을 찾아 나선다. 그런 의미에서 보면 데미안은 싱클레어가 추구하는 어떤 목표나 지향점을 상징하기도 한다.

다음은 매, 이 새는 싱클레어의 영혼을 상징한다고 보여지는데, 알 밖으로 나오려고 싸우는 새는 바로 자기를 찾아 애쓰는 싱클레어의 모습과 겹쳐지기 때문이다.

닭 머리에 사람 몸, 뱀의 발을 가진 아브락사스 신은 데미안의 다른 이름으로 읽을 수 있다. 아브락사스가 갖고 있는 감성과 이성의 통일, 신중함과 절제된 체력의 조화가 그것을 보여준다.

알 껍질 깨기는 주어진 세계와 인식을 부정하고 나만의 길 찾기에 나서는 주인공의 행위를 상징한다. 껍질은 그냥 깨지지 않는다. 안으로부터 세차게 밀어내는 힘이 있어야만 하는데 그건 내면의 강력한 의지로서만 가능한 것이고 고통을 수반할 수밖에 없다.

마지막으로 꿈, 싱클레어는 어려운 상황에 맞닥뜨릴 때나 새롭게 각성하는 순간 항상 꿈을 꾸고 꿈이 전하는 해석을 알아차리려고 애쓴다. 여기서 꿈은 무의식과 같은 의미인데 실제로 싱클레어는 무의식 상태에서 모델도 없이 얼굴 하나를 그려내기도 한다. 이렇게 싱클레어가 가는 길마다 꿈이 존재하는 것은, 자신을 발견하고 찾게 되는 것은 외부로부터 주어지는 게 아니라 각자의 내면이, 무의식이 중요하다는 것을 보이기 위해서다. 과연 소설의 앞부분에 그렇게 지시되어 있다. 필남은 「중국인 거리」의 일부분을 옮겼던 노트를 찾아 굵은 밑줄을 그은 그 부분을 베껴 적었다.


나는 예나 지금이나 찾는 자다. 그러나 나는 별들이나 책들에서 찾지 않는다. 나는 나의 내면에서 나의 피가 속삭이는 가르침들을 듣기 시작한다. 어떤 인간의 삶도 자기 자신으로 가는 길이다.

필남은 읽고 또 읽었다. 뚫어져라 보고 있으니 네 개의 문장들이 각각 다리를 달고 필남에게 뚜벅뚜벅 걸어왔다. 그리고선 필남의 귀에 뭔가를 끊임없이 속삭였다. 그들은 나리의 영상을 오래도록 비추고 정현희 선생에 대해서도 이야기했다. 그리고 손님이 주는 술을 받아먹었거나 술을 따랐다고 진주댁을 힐책하는 김상사와 싸늘한 눈길을 흘리는 정남, 희남 언니를 보여주기도 했다. 현지와 정은, 재혁도 스쳐 지나갔다. 그러다가 물감이 섞이듯 그 모든 얼굴들이 서로 겹쳐지고 뭉개졌다. 필남은 문장들의 부산함에 어질병을 느끼며 두 눈을 감아 버렸다. 얼마 뒤 다시 눈떴을 때, 필남은 쌀벌레가 기어가는 좁은 방, 쥐오줌 자국이 남아 있는 침침한 벽에 떠오르는 한 얼굴과 마주할 수밖에 없었다. 생기 없이 희멀건 볼과 불거지고 까진 이마, 불쑥 튀어나온 눈과 두꺼운 입술을 한 여자애가 이쪽을 물끄러미 바라보고 있었다. 필남은 전등 켜는 것도 잊어버린 채 컴컴한 벽만 쳐다보았다. 가게 주방에서 필남의 이름을 부르는 소리가 들렸다. 갑자기 무더기 손님이 들었거나 설거짓거리가 많은 모양이었다. 하지만 필남은 아직 떠나지 않은 마지막 문장에 포박되어 꼼짝할 수가 없었다.

✳

문을 열자 실내에 갇혀 있던 음악소리가 한꺼번에 와와거리며 귀를 때렸다. 에어컨의 냉기가 맨살로 드러난 팔과 다리에 차갑게 꽂히는 것도 달갑지 않았다. 필남은 눈살을 찌푸리며 패스트푸드점의 실내를 훑었다. 가장 안쪽 탁자에서 몸을 반쯤 일으키며 손을 흔드는 현지를 보며 그쪽으로 걸음을 옮겼다.

"어서 와. 이번 논술 경시대회의 주인공, 축하해."

현지의 평소 모습 같지 않게 부드러운 말이었다. 필남으로서는 여전히 당황스러울 뿐이었다. 그러니 말도 쉽게 나오지 않았다.

"웬일로 나를 보자고 했어?"

"아이, 뭘 그러니? 같은 동아리 사람으로 축하해 주고 싶어서지."

"운이 좋아서야. 뭐, 나만 받은 것도 아니고."

"나야 턱거리로 겨우 장려상이지만 너는 최우수상이잖아. 학교 대표로 시 대회에도 나가고, 부럽다야. 아, 이럴 게 아니라 뭐 먹을래? 내가 살 테니 주문부터 하자."

평소의 행동이나 말에서 적대적인 감정을 많이 받았던 필남은 현지의 말을 곧이곧대로 받아들일 수 없었다. 그럼에도 불구하고 상냥하게 메뉴를 권하거나 조곤조곤 얘기하는 것에 딴지를 걸기도 어려웠다. 햄버거와 콜라가 나왔다. 필남은 빵 사이의 고기를 빼내고 싶었으나 현지의 눈치가 보여 그냥 삼켰다. 따로 만나자는 말을 따른 것은 나리와 현지의, 축제 때 이후의 냉각 상태를 어떻게 녹여볼 수 있을까 하는 마음이었는데 그런 말은 한 마디도 못 하고 필남은 현지가 권하는 대로 먹고 마실 뿐이었다.

＊

『데미안』 발표가 있는 날이었다. 정은의 발제는 성실하게 준비한 흔적은 보였으나 독특함이나 신선함 면에서는 그만그만했다. 워낙에 유명한 소설이라 토론은 왕성하게 이루어졌지만 나리는 사회자로서의 역할을 제대로 하지 못했다. 소설을 제대로 읽지 않았거나 읽어도 건성건성 봤다고 생각할 수밖에 없었다. 게다가 공개 발표회를 마치자마자 약속이 있다면서 먼저 일어났다.

필남이 곱지 않은 손길로 의자를 밀어 넣고 있는데 나리 선배 갔지? 밖에 오토바이가 서 있던데, 어머, 그러니, ……어쩐지, ……정말인가 봐, 후배들끼리 소곤거리는 소리가 필남의 귀에까지 들렸다. 그러자 가까스로 참았던 감정이 욱하며 치밀어 올랐다. 필남은 후배들을 째려보며 거칠게 창문을 닫았다.

열람실에는 이미 현지와 정은이 와 있었다. 앉아라, 모두 내가 불렀다. 정현희 선생의 말에 필남은 끝자리에 엉덩이를 걸쳤다.

"내가 이렇게 모이라고 한 이유는, 다들 짐작하고 있겠지만, 나리 때문이야. 대체 무슨 일인지 아는 대로 말해 봐."

조용하나 노여움이 깔린 음성이었다. 고개를 숙이고 있던 필남은 곁눈질을 하다가 현지와 눈이 마주쳤다. 어쩐지 상기된 표정이라는 느낌을 받았다.

"소문이며 사진이라는 말이 뭔 말이야? 현지, 네가 말해 봐."

현지가 화들짝 놀라면서 아니, 놀라는 척 하면서 말을 받았다.

"선생님께서도 알고 계셨어요?"

그러더니 현지는 긴 한숨을 쉰 뒤 입을 열었다.

"나리가 옆 학교 남학생과 사귀거든요. 근데 그 남학생이 지 '블로그'에 나리 사진을 계속 올리고 있어요."

"그게 뭐 대수니? 너도 남자 친구 있잖아."

"그렇다고 키스하는 장면이나 상반신 벗은 사진 같은 걸 찍지는 않죠."

현지는 틈틈이 정현희 선생의 표정을 살피면서도 고속 주행하는 차처럼 거침없이 말을 이어갔다.

"저도 최근에 안 건데 나리는 혼자 살고 있어요. 부모가 이혼하고 다시 결혼하고. 뭐, 굉장히 복잡한 모양이더라구요. 근데 재혁 오빠가, 그 남학생 이름이에요, 아침에 그 집에서 나오는 걸 자주 봤대요. 그 집에서 찍은 사진도 올라와요. 블로그 조회 횟수가 날이 갈수록 올라가고 있어요. 그 학교나 울 학교 애들이 날마다 들여다보는 거죠."

"……"

"지 몸 지 알아서 하는 거지만 나리는 좀 달라야 한다고 생각했는데, 우리 백련의 이미지도 그렇고요."

필남이 저도 모르게 현지의 말을 받았다.

"너무 심한 거 아니니?"

"내가 어디 없는 말 지어내고 있니? 재혁이 블로그에 들어가 봐. 그리고 김필남, 너도 참 답답하다. 그 집 가서 청소하고 밥까지 짓고 나온다며? 니가 나리 하인이야? 아님 걔들 수호천사라도 되고 싶은 거니? 나리가 널 이용하고 있다는 걸 아직도 모르겠어?"

발끈 열이 뻗쳐 자리에서 일어서려고 하는 필남을 정현희 선생이 손짓으로 제지했다.

"현지야, 어떻게 그런 말을 하니?"

"예, 선생님, 하도 답답하고 걱정되는 바람에, 죄송합니다. 필남아, 미안해. 우리 동아리 회장이 그러니 내가 좀 예민해졌나 봐."

"그 애가 정말 납득이 안 가네. 왜 그런다니? 나리는 그런 소문인지 사실인지를 알고 있는 거야?"

"나리와 말해 보지 않았으니 그건 모르고요. 재혁 오빠가 원래 디카 찍는 게 취미이자 특기래요. 정은아. 그렇지?"

현지의 말을 받아 정은이 말했다.

"예, 한동안 수동카메라로 찍더니만 요즘은 디카에 빠져 살아요."

"넌 또 어떻게 알고?"

"제 사촌 오빠거든요. 두어 달 전에 전해 줄 게 있어서 할인매장에서 만난 적이 있는데 그 때 우연히 나리와 필남이를 만났어요. 그 뒤로 저 모르게 만났던 모양이에요."

"알겠다. 그만 하자. 내가 나리를 직접 만나보는 게 좋겠다."

그렇게 말한 뒤 정현희 선생이 자리에서 일어났다. 필남은 순간적인 충동으로 입을 열었다.

"저기, 선생님. 설령 나리가 그렇다고 하더라도 그게 그렇게 비난받을 일인가요?"

자리에 다시 앉는 정현희 선생과 희떠운 눈으로 위아래를 훑어보는 현지와 정은을 바라보며 필남은 말을 이었다.

"신성과 마성의 결합을 통해 진정한 자아를 찾게 된다고, 그러니까 『데미안』 토론할 때 그런 말이 있었잖아요. 저는 나리를 믿지만 설사 나리가 방황을 한다 해도 그런 차원으로 이해해 주시면……."

정현희 선생은 표정 없이 가만히 앉아 있는데 현지의 차가운 웃음과 독설이 날아왔다.

"얘가 정말 소설 쓰고 있네. 김필남, 정신 차려라. 소설하고 현실을 그렇게 분간 못 하니? 방황이니 자아니 하는 게 무슨 의미가 있어? 지가 그러면 우리 동아리 꼴은 뭐가 되며, 대학은 어떻게 가냔 말이야."

현지의 말에 정은이 쿡, 웃었고, 정현희 선생은 끝내 아무 말 없이 일어섰다. 뒤이어 현지와 정은이 열람실을 빠져나갔다. 필남은 길 잃은 아이처럼 열람실 한가운데에 멍하니 섰다. 햄버거와 선물, 현지의 그 다정한 말들은 결국 소문을 만들기 위한 것이라는 생각이 들었다. 이 뒤늦은 각성이 필남을 아프게 때렸다. 여름 하오의 햇살이 탈탈거리는 선풍기에 걸려 조각나고 있는 것처럼 필남의 마음도 괴로움으로 뒤틀리고 쪼개졌다.

✳

햇살이 따가운 줄도 몰랐다. 땀이 흐르는 줄도 모르고 필남은 터덕터덕 발걸음을 옮겼다. 머릿속이 뭔가로 가득한 것 같기도 하고 터엉 빈 것도 같았다. 원수의 얼굴을 저만치 걸어 놓고, 그 종이가 너덜해지도록 화살을 날리던 사극의 한 토막이 생각났다. 필남은 제대로 생각나지 않는 재혁의 얼굴을 눈앞에 세워 놓고 굵은 바늘로 무수히 찔러댔다. 그런 상상 때문인지 똑바로 걸어도 허방을 내딛는 것 같았다.

오고 싶지 않았다. 아니, 오지 않아야 한다고 생각했다. 그래서 필남은 일부러 골목을 돌고 또 휘돌았다. 하지만 발걸음을 멈춘 곳은 결국 나리의 집 앞이었다. 필남은 스르르 기운이 빠져 담에 기대섰다. 여름 볕이 얼마나 뜨거운지 코스모스도 축축 늘어져 있었다. 물을 줘야겠구나 하면서도 몸이 움직여지지 않았다. 오히려 저까짓 코스모스가 무슨 소용인가 하는 생각이 들었다. 정현희 선생에게 했던 말을 생각하면 제 자신이 한없이 가증스러웠으나 나리에 대한 원망의 마음이 도무지 걷히지 않았다.

무거운 발걸음을 돌려 천천히 걷고 있는데 필남을 부르는 소리가 들렸다. 나리의 음성, 갑자기 필남의 팔에 소름이 우두두 돋았다. 와락 덤벼드는 반가움과 나리일리 없다는 절망감을 동시에 느끼며 필남은 소리 나는 쪽으로 몸을 돌렸다. 베란다에 서 있는 나리가 보였다. 다시 팔에 소름이 돋았다. 필남은 나리의 손짓에 따라 계단 쪽으로 걸음을 옮겼다. 단걸음에 두 계단씩, 필남은 나리에게로 올라갔다.

필남이 들어서자 나리는 왔으면 올라오지, 라는 가벼운 책망부터 하며 싱크대로 갔다. 라면을 끓이던 중이었나 보았다. 나리는 가스 불을 낮추고 냉장고 문을 열어 찬물을 꺼내 주었다. 필남은 나리의 말 한 마디에 온몸이 서늘해지는 것 같았다. 마치 나리가 부어 주는 찬물처럼.

하지만 필남은 머그잔을 내려놓으며 낯선 눈길과 마주치자 당황할 수밖에 없었다. 그 남자는 머리를 긁적거리는 시늉을 하며 베란다에서 안으로 들어오는 중이었다. 필남은 그때에야 자신이 잘못 들어왔다는 것을 알았다. 머릿속에서 무언가 부딪히는 소리가 쨍그랑 들리는 것만 같았다. 나리를 쳐다보았다. 나리는 가까이 다가서는 재혁을 보며 활짝 웃었다. 그리고 필남에게 재혁을, 재혁에게 필남을 소개했다. 필남은 엉거주춤 고개를 숙이고 말았지만 점점 얼굴이 붉어지고 팔이 가려웠다. 속에서부터 뭔가가 치받쳐 웩웩 올라오는 것 같아 견딜 수가 없었다.

라면을 먹던 재혁이 물을 찾자 나리가 머그잔에 물을 따랐다. 필남이 사 주었던 노란색 머그잔이었다. 필남은 그 순간 자신의 몸에 구정물이 끼얹어지는 것만 같았다. 나리에게 자기 따위는 아무것도 아니라는 때늦은 각성이 필남을 아프게 찔렀다. 그 순간 필남은 나리에게서 머그잔을 낚아채 바닥으로 던져버렸다. 물과 함께 머그잔 파편이 이리저리 튀었다.

나리와 재혁의 수습을 뒤로하고 필남은 천천히 몸을 돌렸다. 마음이 한없이 가라앉는 것을 느끼며 필남은 현관문 손잡이를 비틀었다. 잠시 뒤 필남의 등 뒤에서 육중한 철문이 닫히는 소리가 났다. 필남은 눈물을 닦을 생각도 하지 못하고 계단을 하나씩, 천천히 밟았다.

팔월

아, 하는 짧은 감탄사밖에 나오지 않았다

『데미안』 발표 이후 며칠 지나지 않아 여름 방학이 시작되었다. 덕분에 여름 햇볕같이 뜨겁고 매미 소리처럼 시끄럽던 나리에 대한 소문도 기세가 한풀 꺾이는 것 같았다.

현지가 16기를 소집했다는 말이 들렸다. 15기생들도 몇 명 참석한 모양이었지만 나리는 연락조차 받지 못했고, 필남은 가지 않았다. 현지는 회장이 그러니 어쩌겠니, 너희들 보기가 부끄럽다, 이럴수록 백련의 힘을 모으자, 라며 아주 비장하게 말했다고 했다.

교실에서 나리를 만났을 때 필남은 머그잔 사건에 대해 무슨 말이라도 해야 한다고 생각했다. 하지만 생글거리며 다가오는 나리를 보자 다시금 마음이 옥죄고 소름이 돋아 입이 제대로 열리지 않았다. 그 순간 나리가 앙가조촘하는 필남을 툭 치며 숙제 좀 보여 달라고 너스레를 떨었다. 그러더니 필남의 팔을 슬쩍 꼈다. 팔의 파동이 지르르 가슴까지 전해지자 필남은 그에 또 눈가가 붉어졌다. 필남은 눈물을 감출 양으로 팔을 빼고 가방을 부산히 뒤졌다. 숙제 따위는 애초부터 없었으나 그런 시늉으로, 사건을 언급하지 말자는 나리에 대한 고마움을 표시했다.

코스모스는 잘 자라고 있었지만 나리꽃은 싹이 올라오지 않았다. 땅을 헤집어 보니 구슬눈이 썩어 있었다. 필남은 새롭게 가져온 구슬눈을 다시 묻었다. 이번에는 인터넷을 통해 읽은 정보대로 달걀 껍데기를 잘게 부수어 흙에 섞어 넣었다.

방학은 35일간이었지만 방학식 일 주일 뒤부터 '보충 수업'이 시작되었다. 희망 여부와 수강 과목을 적어내긴 하지만 서류상의 절차일 뿐 하루 5시간씩 20일간 받는 수업에 예외는 없었다. 3학년처럼 오후에서 밤까지 이어지는 자율학습은 하지 않아도 되었다. 그거야말로 희망자만 받아서 2학년부에서 관리해 준다고 했다. 공부를 해 보겠다는 애들은 더러 자율학습 희망자에 이름을 올리고 급식까지 미리 신청해 놓기도 했다. 필남은 공부할 생각이 전혀 없으면서도 급식은 신청했다. 땡볕이 내리쬘 때 집에 가 봤자 식당 일을 도우라는 잔소리에 시달릴 테니 차라리 시원한 도서실에서 책이나 읽자는 생각에서였다. 집에서는 공부하는 줄로 알고, 필남으로서는 오후 시간을 편하게 보낼 수 있으니 서로 좋을 것 같았다.

보충 수업 둘째 날은 나리의 생일이었다. 필남은 예전부터 선물도 선물이거니와 밥상을 꼭 차려 주리라 마음먹고 있었다. 집에서 재료를 가져와 팥밥을 안치고 미역국을 끓인 다음 콩나물을 무쳐내고 싶었다. 나리가 좋아하는 잡채를 만들거나 생선을 구워도 좋을 것 같았다. 그 정도야 진주댁 어깨 너머로 봐 온 눈썰미로 흉내 정도는 낼 수 있었다. 하지만 지금 나리에게는 재혁이 우선일 거라는, 싫어도 인정할 수밖에 없는 현실 때문에 망설여졌다.

어떻게 말을 꺼내나 상황을 엿보고 있는데 나리가 먼저, 주말 시간을 비울 수 있냐고 말했다. 생일이라는 말을 비추지 않았지만 필남은 초대라는 것을 알아차렸다. 필남은 밥상을 차려 주고 싶다는 말을 하지 못한 채 고개만 끄덕거렸다.

✳

나리와 같이 음식점으로 들어가자 다른 테이블에 앉아 있던 두 남자가 동시에 일어섰다. 나리가 눈짓을 보내자 입구 쪽의 남자가 걸어 나와 필남과 나리 뒤를 따랐다. 필남은 재혁을 보자 그 날의 괴로움과 슬픔이 되살아나는 것 같아 숨이 가빴다.

"아빠, 소개할게요. 여긴 재혁이고, 얘가 필남이에요."

나리 아버지는 웃음을 띠며 재혁과 필남에게 악수를 청했다. 필남은 붉어진 얼굴로 고개를 숙여 인사했다.

"죄송합니다. 몰라 뵈었습니다."

근육이 드러나는 스판 티에 긴 면바지를 입은 재혁이 말했다.

"나리에게 이야기를 많이 들어서 그런지 인상이 좋구나. 필남이는 전에도 만났지?"

"예."

"자, 점심은 여기서 간단히 먹고 떠나자. 생일 기념으로 오늘은 내가 운전기사 할게."

"내년에는 제가 모시겠습니다. 연말이면 면허증 딸 수 있으니까요."

호기 있게 말하는 재혁 때문에 모두 웃었다. 자장면을 주문하고 기다리면서, 또 먹는 동안에 재혁이 적절하게 분위기를 띄우는 바람에 어색함을 많이 없애 주었다. 하지만 필남은 재혁을 곱게 볼 수가 없었다. 그가, 마음 속에 똬리 틀고 있는 음

흉한 속셈을 숨기기 위해 겉으로 한껏 상냥하게 말하는 '이솝 우화' 의 등장인물 같기만 해서 필남은 바짝 정신을 차려야 한다고 스스로를 일깨웠다.

조수석에 재혁이 타고 나리와 필남이 뒷좌석에 나란히 앉았다. 시가지를 벗어난 차가 구불구불한 산길을 한참 동안 돌았다. 필남은 속이 메슥거렸지만 에어컨 때문에 창문을 내리지도 못하고 몹시 괴로웠다. 자장면 면발이 역류할 것만 같은 순간, 재혁이 바다라고 소리치며 창을 내렸다. 혹, 차 안으로 끼쳐오는 공기는 여전히 더웠지만 비릿하고 짭조름한 바다 냄새가 났다.

차는 이정표가 있는 곳에서 '주전'을 버리고 '정자' 쪽으로 좌회전했다. 지금부터 동해를 따라 올라가다가 '경주' 쪽으로 빠질 거라고 했다. 바다는 눈이 미치는 끝까지 뻗어 있었고, 이 차선 도로 가에는 레스토랑과 찻집을 겸하는 아름다운 건물들이 마주 늘어서 있었다. 필남은 가까이서 부딪히는 파도와 멀기가 넘실거리는 난바다를 부신 눈으로 바라보았다. 문무대왕의 '수중릉' 앞에서 차가 멈추었다. 나리 아버지는 담배를 피우고, 재혁은 모래 사장에 내려서서 디카의 셔터를 눌렀다. 유달리 파도가 세게 부딪히고 있는 대왕암과 그 위를 나는 갈매기를 포착하려는 것 같았다.

재혁이 사온 음료수를 채 마시기도 전에 차가 다시 섰다. 들판 한가운데 서 있는 두 개의 탑 앞에서였다. 신라시대에는 수중릉에서 이 탑까지 지하 통로로 연결되어 있었다고 하나 신빙성 있게 들리지는 않았다. 가까이서 보니 탑의 규모가 큰데다가 꼭대기의 날카로운 쇠침은 하늘까지 이어지는 것 같았다. 기단과 상층부 틈새마다 이끼와 풀이 뿌리를 내려 돌과 더불어 시간과 생명을 공유하고 있었다. 절터 바닥에 누운 돌들도 신령스러워 보였다. 그래서 그런지 그늘이 내리지 않는 곳인데도 이상하게 덥지 않았다.

"유홍준의 『나의 문화유산답사기』를 보면 그냥 '감은사'라고 하면 안 된다잖아. '아, 아, 감은사'라는 거야. 정말 그런 것 같지?"

필남은 나리의 말에 고개를 주억거리며 오래도록 탑을 바라보았다. 그 순간만은 발아래에 피어 있는 짚신나물처럼 몸이 시들도록 탑을 우러러도 좋을 것 같았다.

"자, 이제 내가 좋아하고 즐겨 찾는 코스로 안내하지. 재혁이와 필남이도 좋아하면 좋겠는데 어떨지 모르겠다. 저녁은 그곳에서 먹도록 하자."

안전벨트를 매며 나리 아버지가 말했다. 보문단지를 빠진 차는 불국사 쪽으로 방향을 잡았다. 필남은 나리에게 불국사나

석굴암으로 가냐고 물었다.

"네가 정말 좋아할 만한 곳이야. 들꽃학습원을 소개해 준 답례로 내가 생각해냈지. 아빠 따라 다닐 때는 몰랐는데 너 알고 재혁이 만난 뒤로 꼭 보이고 싶은 곳이 되었어."

불국사를 두고 우회전한 차는 얼마 지나지 않아 7번 국도로 접어들었다. 양편에 늘어선 가로수가 그늘을 늘이고, 뜨거웠던 태양도 뉘엿뉘엿 서산 쪽으로 넘어가고 있었다.

'화랑교육원'이라고 적혀 있는 이정표 앞에서 차는 좌회전했다. 일직선으로 쭉 뻗은 길을 따라 은행나무가 양쪽으로 늘어섰고, 그 사이에 어른 손바닥만한 잎과 꽃을 단 나지막한 꽃나무가 있었다.

"웬 꽃이 저리 크나, 뭐지?"

나리의 물음에 필남이 '부용'이라고 짧게 대답했다. 창을 내리고 카메라 셔터를 누르고 있던 재혁이 식물 박사라더니 정말 많이 아네, 라고 말했고, 나리 아버지 역시 거들었다.

"민들레도 모르던 나리가 필남이 덕분에 눈이 많이 넓어졌어. 고구마와 양파 키울 줄도 알고, 코스모스도 심었다지. 보기에 좋더라. 자, 이제 '서출지' 도착이다. 내릴 준비들 하고."

노송으로 덮인 산자락이 보였고, 산과 길이 잇닿은 곳에 한옥 몇 채가 선, 필남이 보기엔 그저 길가일 뿐이었다. 의아한

눈길로 주위를 휘 돌아보는 필남에게 나리가 따라오라는 신호를 보냈다. 사람들의 잦은 발걸음으로 다져진 길은 약간 가파른 언덕 쪽으로 이어져 있었다.

나리의 뒤를 따라 언덕 위에 오른 필남의 눈이 돌연 휘둥그레졌다. 아, 하는 짧은 감탄사밖에 나오지 않았다. 온통 연잎으로 가득한, 들꽃학습원 연못의 수십 배 되어 보이는 넓은 저수지였다. 우산만한 연잎들은 물에 눕거나 선 채로 바람 따라 출렁이고 있었다. 둘레에는 구불구불한 배롱나무들이 호위하듯 늘어섰는데 가지 끝에 달린 튀밥 같은 꽃들은 거의 연잎에 닿아 있었다. 그 덩치 큰 나무들이 가지와 잎과 꽃으로 연밭을 품고 있어서, 언덕 아래에서 보면 저수지가 있는 것조차 몰랐던 모양이었다. 쑥쑥 키를 올린 갈대가 있는 건너편에 누각이 보였고, 그 뒤로 툭 트인 길이 산으로 이어져 있었다.

자세히 보니 한 뼘 정도 키를 높인 채 막 피어나려는 꽃봉오리가 드문드문 보였다. 단단하게 말아 놓은 붓 같아 보이는 것도 있었고, 꽃잎을 펼치려고 하는 순간의 꽃도 있었다.

"저렇게 더러운 물에서 피어나는 꽃이라서 연꽃은 더 아름답게 보이겠지?"

부지런히 셔터를 누르던 재혁이 말했다. 옆에 선 나리에게 하는 말이었지만 필남은 자기도 모르게 고개를 끄덕이고 말았다. 그런데 나리 아버지가 글쎄, 그럴까, 하며 빙그레 웃었다.

"나는 좀 다르게 생각해. 저렇게 아름다운 꽃과 잎을 키우는 물인데 어째서 더러운 물인가 하는 거지. 나는 저 물이 단지 진흙이 섞여 있을 뿐 연꽃이 자라기에 가장 적절한 물이라고 생각해. 끊임없이 연꽃과 잉어와 부레옥잠을 키우는데 어째서 더럽다고 하지? 그건 물에 대한 모독 아닌가 싶어. 저 물은 연꽃이 아름답게 피는 가장 적절한 조건을 갖추고 있으니 깨끗하고 아름다운 물인 게지."

필남은 좀 전처럼 다시 고개를 끄덕였다. 듣고 보니 참 맞는 얘기였다. 나리나 재혁도 깊이 공감하는 것같이 보였다. 저수지를 한 바퀴 돌다 보니 어느새 어스름이었다. 해거름 기운에 따라 더욱 고즈넉하게 가라앉는 연밭이 필남의 마음을 붙들었지만 마냥 있을 수는 없었다. 필남은 천천히 뒷걸음질을 치며 일행의 뒤를 따랐다.

*

보충 수업을 마치기 전날에 〈길버트 그레이프〉를 상영하기로 했다. 끝나는 날은 아무래도 호응이 적을 것 같아서였다. 나리는 시청각실 사용 허가와 방송반 협조를 받고, 정은은 양편

출입구와 각층 화장실 앞에 붙일 광고지를 준비하기로 했다. 임원들은 감상 발표나 토론이 벌어질 때를 대비해서 미리 영화를 보기로 했으나 현지는 나타나지 않았다.

영화는 아주 잔잔한 일상을 담고 있어 처음에는 지루한 느낌마저 들었다. 유명 배우로 활동 중인 '레오나르도 디카프리오'가 어린 정신 지체아로 출연하는 게 신기한 정도였다. 하지만 영화가 전개되면서 강렬한 느낌으로 다가오는 장면이 많았다. 특히 비대한 어머니가 경찰서로 출두하는 장면이라든지 집을 불태우는 장면은 충격적이면서도 감동적이었다.

영화가 끝나자 정현희 선생은 필남을 남게 했다.

"이걸 빌려 줄 테니 집에 가서 사건들의 의미를 생각하고 상징과 인과관계를 따져 가며 다시 한 번 봐. 소설을 읽듯이 말이야. 그런 다음 줄거리를 간추리고 주제까지 생각해 봐라. 보여 주고 안 보여 주고는 네 자유지만 내가 특별히 내는 과제물이야. 네게 도움이 되리라 생각하거든."

필남은 집에서 〈길버트 그레이프〉를 두 번 더 보았다. 영문 모를 아버지의 자살, 생을 포기한 어머니, 제각각 개성대로 살고 싶은 누나와 동생들, 더구나 장애아까지. 필남은 길버트가 가여워서 견딜 수 없었다. 냉정하게 생각을 가다듬어 줄거리며 주제를 적어야 하는데 자꾸 머릿속 생각들은 엇길로 샜다. 자살하는 아버지나 한없이 비대해지기만 하는 어머니를 상상하기 어려웠으나 김상사와 진주댁, 정남 언니와 희남 언니, 준태 오빠와 민국으로 복잡하게 얽힌 식구들이 계속 엇갈리게 화면을 스쳐갔다. '가봐야겠는데…….'라는 말만 되풀이하며 어느 장소에서도 오래 머물지 못하는 길버트는 준태 오빠와 겹치고, 못되게 구는 에이미나 엘렌은 정남, 희남 언니를 떠오르게 했다.

또다시 생각해 보니 가족이 주는 무게에 짓눌려 그저 무기력하게 지내는 길버트는 다름 아닌 필남 자신이었다. 필남 역시 어릴 때부터 스스로를 괄호 안에 묶어버린 채 버림치처럼 지내기를 원해 왔다. 하지만 이내 필남은 고개를 흔들었다.

'아니다. 나와 길버트는 다르다. 길버트가 겪은 삶의 무게는 나와 견줄 수 없을 정도다. 그는 아버지의 자살이 준 충격 속에 어머니를 비롯한 식구들의 생계를 책임지고 게다가 장애아까지 돌보고 있지 않은가. 나 같으면 어림도 없는 일일 거야. 아직 그런 어려움 속에 처해 보지도 않았고…….'

필남은 처음으로 자신이 가진 조건들이 그닥 나쁘지 않다는 것을 인정해야만 했다. 그런데도 왜 그렇게 부모의 직업이나 가정의 내력을 싫어하고 꺼려했는지 스스로에게 질문을 던졌다. 하지만 이내 답이 나오지는 않을 것 같았다.

정현희 선생이 왜 이 영화를 추천했는지 필남으로서는 잘 알 수 없었지만 필남은 한동안 복잡하고 우울했다. 내가 길버트라면? 내가 에이미라면? 내가 베키라면? 하는 생각들이 꼬리에 꼬리를 물고 이어지면서 영화의 장면이 계속 떠올랐기 때문이었다.

며칠이 지난 뒤 필남은 정현희 선생의 숙제를 염두에 두면서 다시 비디오테이프를 꽂았다. 필남은 다른 생각은 걷어내고 영화에만 몰두하기로 하고 필기도구를 챙겼다. 그런 다음 끔찍하고도 아름다운 장면 하나하나에 의미를 부여하고, 장면끼리의 관계도 메모하며 영화 속으로 빠져들었다.


−7년 전 길버트의 아버지는 지하에서 목매달아 자살하고, 그 충격으로 어머니는 한번도 집밖에 나가지 않고 끊임없이 먹기만 해 극도로 비만해졌다. 아버지가 지은 집은 토대가 허약해 조금씩 흔들린다. 길버트는 친구에게 부탁해 버팀목을 대면서도 정작 그는 아버지가 목매달았던 지하실을 내려가 보지 못한다. 에이미는 요리와 가사를 전담하고, 길버트는 식료품 점원 노릇을 하여 가정경제를 떠맡고 있다. 열 살을 넘기기 어렵다는 의사의 진단을 받은 정신 지체아 어니는 곧 열여덟 번째 생일을 맞이하게 된다.

어머니는 창문을 통해 훔쳐보는 동네 아이들의 놀림감이 되고, 어니를 제외한 다른 형제들은 내내 다투며, 길버트는 이웃에 사는 카버 부인과 일 년째 밀월 관계에 있다.

어니의 생일을 일 주일 앞둔 어느 날, 마을로 캠핑카를 타고 베키가 온다. 어디에든 올라가기를 좋아하는 어니는 높은 가스탱크에 올라가고, 그것으로 인해 경찰이 동원된다. 길버트는 확성기를 들고 어니를 달래서 내려오게 하는데 그런 상황을 베키도 본다

식료품 가게에 온 카버 부인은 길버트와 만난 지 일 년 되는 날을 상기시키는데 마침 그 때 베키가 가게로 들어선다. 베키를 훔쳐보던 길버트는 그녀의 요청에 따라 짐을 배달한다.

말을 듣지 않는다고 엘렌이 어니를 때리자 길버트는 화를 낸다. 하지만 그런 길버트에게 엘렌은 노골적으로 싫어하는 태도를 보이고, 에이미마저도 어니를 잘 보라고 말한다. 길버트는 화가 나서 집을 나가 베키를 만난다. 베키는 길버트에게 무슨 일을 하고 싶냐는 질문을 던진다. 베키와 같이 해 지는 모습을 보던 길버트는 잠시 집에 들러 어니를 목욕시킨다. 옷을 챙겨 입으라고 급하게 말한 다음 베키를 만나기 위해 다시 나간다. 그러나 어니는 다음 날 길버트가 발견할 때까지 욕조에 그대로 있는다.

카버 부인과 일 년째 되는 날, 부인은 길버트에게 전화를 해 달라고 말하는데, 그것은 카버에게 연결되는 전화였다. 부인의 질투와 장난으로 인해 두 사람은 파국을 맞고, 모든 것을 알고 있던 카버는 그날 밤 심장마비로 쓰러져 미니 풀장으로 얼굴이 처박혀서 죽는다.

길버트와 베키가 데이트를 하는 동안 어니는 가스탱크 위에 다시 올라가고, 화가 난 경찰은 어니를 끌고 간다. 어머니는 칠 년 만에 첫 외출을 해서 경찰서에 있는 어니를 빼내 오지만 구경꾼들 때문에 가족 모두 우울한 마음으로 귀가한다.

카버의 장례식을 마친 뒤, 카버 부인은 길버트에게 작별 인사를 하고, 베키 역시 자동차가 고쳐져서 곧 떠난다고 말한다. 목욕을 하려 하지 않고 생일 케이크를 망쳐버린 어니에게 화가 난 길버트는 급기야 어니를 심하게 때린다. 집을 나가 길을 헤매다 베키를 찾아간 길버트는 자살한 아버지 이야기를 털어놓은 다음 같이 밤을 보낸다.

다음 날 어니의 생일, 길버트는 냉담한 태도를 보이던 에이미의 용서를 받고 어니와도 화해하게 된다. 내가 짐인 줄을, 너희들 고생을 미처 몰랐다고 말하는 어머니에게 길버트는 베키를 소개시킨다.

그날 밤, 비만한 몸을 침대에 처음으로 누인 어머니는 편안한 자세로 죽음을 맞이한다. 시체 운반이 어려워 크레인까지 동원해야 한다는 말을 듣고, 어머니를 구경꾼으로 만들기 싫은 형제들은 고민을 한다. 길버트는 지하실로 내려가 버팀목을 무너뜨린다. 그리고 형제들은 짐을 밖으로 옮긴 다음 어머니와 함께 집을 태운다.

이제 열아홉 살이 된 어니와 함께 길버트는 베키가 타고 온 은색 캠핑카를 타고 마을을 떠난다.


필남은 이 영화의 주제를 '삶을 살아가는 인간은 극도로 무기력한 존재이며, 그 구원은 신만이 할 수 있다.'고 적었다. 그 이유는 아버지가 죽는 이유, 불륜의 이유, 베키의 등장 이유 등 상황에 대한 논리적인 설명이 없어서였다. 이는 상황이라고 하는 자체, 삶이라고 하는 자체가 논리로 이루어지는 것이 아니고, 그 속에서 인간이 어떻게 살아가고 있는가만 중요할 뿐이라고 보았기 때문이었다.

길버트는 인간이 가질 수 있는 온갖 악조건 속에 놓여 있다. 그러나 내적인 고뇌나 고통, 혹은 의지 없이 그대로 수용하고 있다. 무기력이다. 더 중요한 것은 상황을 처리하거나 해결해 나가는 방식이 늘 외부에서 — 집을 떠날 수 있게 해 준 어머니의 죽음, 불륜을 정리하는 수순, 베키의 등장과 그녀의 적극성

등등 — 온다는 점이다. 인간이 할 수 있는 능력 밖의 일이라는 뜻이다. 길버트를 구원하는 은색 캠핑카와 베키 역시 다른 곳에서 온다. 연애 이야기가 아니라 구원의 이야기로 보이는 것도 그 때문이다. 인간의 구원은 내면의 소리에 의한 것이 아니라 외부의 손길, 신에 의해서만 되는 것이다.

며칠을 끙끙대며 쓴 글을 정현희 선생에게 내밀었다. 잘하지는 못했지만 열심히 했으므로 필남의 마음은 떳떳했다. 글을 다 읽은 그녀는 어떤 장면이 좋았느냐고 물었다. 필남은 어머니의 경찰서 출두와 집을 불태우는 것과 더불어 은색 캠핑카를 타고 떠나는 마지막 장면을 이야기했다. 필남은 왜냐고 물으면 어떻게 대답하나 싶었는데 다행히 그녀는 고개만 끄덕이고 말았다. 베키에게서 나리의 모습을 읽었고, 그런 베키와 먼길을 떠나는 길버트는 필남이 저와 겹쳐졌다는 말을 하기는 아무래도 좀 부끄러웠기 때문이었다.

영화를 제대로 보고 잘 읽어냈다는 칭찬을 받은 필남이 기쁜 표정을 숨기지 못하고 있는데 그녀는 하지만 다음 한 가지는 언급해야겠다, 고 덧붙였다.

"너는 주제를 밝히며 '인간은 ……존재이며, 그 구원은 신만이 할 수 있다'고 했는데 그 뒷부분, 즉 '신만이 할 수 있다'

는 지나친 반응으로 보여. 작품 자체에 그렇게 말할 만한 요소들이 없기 때문이지. 길버트가 교회에 자주 간다든지, 신을 생각케 하는 누구의 말이나 사건이 없다는 뜻이야. 영화든 소설이든 마찬가지야. 항상 작품 안에서 제시된 정보만으로 이해하고 분석하려고 해야지. 글을 쓸 때도 마찬가지라고 생각해. 이를테면 소설이나 시나리오 같은 거 말이야. 단순한 사건의 나열이 아니라 주제를 향해 나아가는 의미 있는 장면들을 배치해야 한다는 거지."

# 구월

## 천장의 별이 토르르 필남에게로 내려왔다

또 또 또르르 또옥 똑.

수돗물이 새는 소리다. 많이도 아니고 한 방울씩 욕조 바닥
으로 떨어지는데 낮에는 묻혀 있다가 새벽이면 선명하게 들렸
다. 필남은 벌써 며칠째 비슷한 시각에 잠에서 깼고, 그럴 때면
어김없이 물 떨어지는 소리에 신경이 쓰였다. 이층 침대의 아
래 칸에 누운 필남은 윗몸을 구부린 그대로 눈만 떴다. 하루 종
일 볕 구경하기 힘들지만 그래도 아침이면 희끄무레한 기운이
감돌던 방 안이, 아직 새벽이라 깜깜했다. 크고 작은 별 모양의
야광 스티커만 천장 여기저기에서 빛나고 있었다. 필남은 어제
처럼, 어제 전날과 그 전전날처럼, 반듯하게 누워 천장의 별을

보았다. 어둠 속에서 별을 보고 있노라면 몸 깊은 곳에서 형체를 알 수 없는 어떤 뭉치가 느껴졌다. 처음에는 물방울같이 작고 소소한 것이었으나 점점 몸피를 키워 필남을 괴롭히는 그 덩어리는 괴로움이나 슬픔 같기도 하고, 무지나 막막함이 뭉친 것 같기도 했다. 천장의 별처럼 선명하게 모양을 드러내는 것도 아니고, 떨어지는 물방울처럼 소리를 내는 것도 아닌 그 덩어리 때문에 필남은 새벽이면 저절로 눈이 뜨였다.

또 또 또르르 또옥 똑.

물 새는 소리가 가까워졌다가 다시 멀어진다. 가만히 누워 있으면 천장의 별이 또르르 소리를 내며 필남에게로 내려와 가슴 앞으로 내민 손 안에 오뚝 서곤 했다. 연노랑색 별은 두 다리와 두 팔을 바짝 벌린 다음 필남을 빤히 들여다보았다. 그럴 때면 몸 속의 불덩이도 천천히 움직였다. 하지만 별이 하는 말을 알아들을 수도 없고 불덩이의 정체도 알 수 없는 필남은 한없이 답답하고 괴로울 뿐이었다.

희남 언니가 떠오른다. 일 주일 전쯤이었다. 나리 집에서 저녁 먹고 주말연속극까지 보고 느지막이 오는데 모처럼 단체 손님이라도 다녀갔는지 식당이 엉망이었다. 탁자마다 빈 그릇과 소주병들이 어지러웠고, 주방 역시 설거짓거리가 가득 쌓여 있었다. 놀고 온 것이 켕겼던 필남은 얼른 앞치마를 두르고 큰 쟁반과 행주를 들고 상을 치우기 시작했다. 다시 쓸 만한 야채나 마늘은 따로 챙기고 지저분하게 남은 반찬은 된장 뚝배기에 털어 넣으며 그릇들을 차곡차곡 쌓아 주방과 통하는 선반 위로 올렸다. 그러자 필남을 쩨려보던 진주댁이 독사눈을 거둔 채 설거지를 시작하고, 김상사도 빈병 정리와 바닥 청소를 했다.

종종걸음을 치다보니 이내 안경이 미끄러질 정도로 땀이 번들거리고 허리가 뻐근했다. 그럴 때면 어쩔 수 없이 부모가 다시 치어다 보였다. 필남은 간혹 거드는 일이지만 김상사와 진주댁은 날마다 해야 하는 생업이기 때문이었다. 아버지는 한때 직업 군인이었고, 그로 인해 지금까지 김상사라고 불리고 있으나 필남은 생선 비늘을 치거나, 야채를 다듬거나, 걸레질하는 모습으로만 기억하고 있다. 엉거주춤 앉아 고구마 껍질을 벗기거나 고등어를 토막 내고 있는 아버지는 늘 꾀죄죄하고 좀스럽게 보여 필남은 대개 외면하고 말았다. 인건비가 무서워 주방을 혼자서 감당하고 있는 어머니를 생각하면 아버지의 무능력이 더 원망스러웠다. 이른 새벽부터 늦은 밤까지, 시장과 주방을 오가며 손에 물마를 때가 없는 진주댁은 틈만 나면 민국이에게 허리를 밟으라고 했다. 보다 못한 필남이 병원을 가라고 볼멘소리를 하면 이키 무슨 병이가, 많이 꿈직여서 그런 거 뿌이다, 라고 말하며 몸을 일으키곤 했다. 아프다는 말이 입에서 떠나지 않으면서도 진주댁은 한 번씩 초죽음이 되도록 술을 마셨다. 그럴 때면 사사건건 간섭하고 꼬투리 잡던 김상사도 어쩌지 못했다. 두 사람은 밤새도록 술을 마시며 성난 짐승처럼 서로 으르렁거리고 할퀴었다. 간혹 울기도 하고 술잔이나 병을 던지기도 했는데 그런 모습 역시 필남에게 좋게 보일 리 없었다. 스트레스를 푸는 방법이라고 이해되기는커녕 남이 볼까 두렵기만 했다. 원망은 식당 일을 한 번도 거든 적이 없는 정남, 희남 언니에게도 갔다. 언니들은 부모에 대해 한결같이 무관심했다. 언니들은 부모가 눈앞에서 재떨이나 찬그릇을 날리며 싸움을 해도 눈 하나 끔쩍 않고 밥을 먹었다. 민국이가 엄마 때리지 말라며 김상사에게 울며 매달리는 앞에서도 여전히 텔레비전만 보았다. 그럴 때면 필남은 손이 부르르 떨렸다. 입을 앙다물고 쏘아볼 뿐이지만 마음 같아서는 언니들의 뒤통수를 망치로 내려치고 싶었다.

그런 희남 언니가 며칠 전에 일을 크게 쳤다. 야간 자율학습을 마치고 오는데 김상사의 호통 소리가 집 밖으로 흘러나오고 있었다. 바짝 조린 마음으로 문을 여니 뜻밖에도 희남 언니가 꿇어앉아 있었고, 얼굴이 붉으락푸르락한 김상사가 보였다.

"이노무 가시나야, 왜 그리 철딱서니가 없노. 우리 형편에 대학을 다시 간다는 게 말이 되나. 3년 동안 뼈 빠지게 밑 닦아 준 우리는 뭐가 되노."

기세가 한풀 꺾였는지 밖에서 들을 때보다 한결 낮은 말투였다.

"화학과는 제 적성이 아니에요. 비전도 없고요."

희남 언니는 김상사를 똑바로 쳐다보며 냉랭하게 말을 받았다.

"뭐라꼬? 대학 갈 때는 뭐라 했노. 교직인가 먼가 이수해서 선생 시험 치겠다고 안 했나. 니는 삼백만 원을 우습게 아는 모양인데 육 개월마다 그 돈 만들어 댄다고 우리는 똥줄이 다 탔어. 그런데 니는 태연하게 그 돈으로 재수학원에 다니고 있었단 말이가."

"교직 이수하려면 성적이 좋아야 하는데 그게 맘처럼 안 되었어요. 역시 적성이……."

"이 가시나가 꼬박꼬박 말은 잘한다. 애비 앞에 이리 똑똑한 기 대학 갈 때는 지 적성인지 아인지도 몰랐다 말이가. 입에 풀칠하기도 힘든 판에 적성이 다 머꼬?"

"말씀 안 드린 건 죄송해요. 대학만 보내 주시면 그 다음부터는 독립할게요."

"터진 입이라꼬 말은 자알한다. 그래, 어디 두고 보자. 니가 뭐 해 가지고……. 세상이 그리 호락호락한 줄 아나."

"암튼 아버지처럼은 안 살 거니까 걱정 마세요!"

갑자기 희남 언니가 발딱 일어서며 앙칼지게 말했다. 김상사에게 머리채를 잡히는가 싶던 희남 언니는 재빨리 몸을 빼서 뛰어 나가 버렸다. 김상사가 욕을 퍼부으며 거리로 나서고, 그 뒤를 다시 진주댁이 따랐다. 입을 비죽거리던 민국이는 기어이 울음을 터뜨렸다. 필남은 애먼 민국이만 째려보다가, 어르다가, 방으로 데리고 들어갔다. 민국이 앞에서 표시를 내지 못해서 그렇지 필남의 마음은 여전히 무서움에 쿵쿵거리고 두려움에 옥죄였다.

필남이 누워 바라보는 천장에 구부정하게 어깨를 숙인 싱클레어가 보일 때가 있었다. 야위고 창백하게 보였으나 별처럼 빛나는 눈을 가진 그는 자신을 가두고 있는 여러 겹의 알 껍질을 부수어야 한다고 속삭였다. 내면의 소리에 귀를 기울이고 내면이 이끄는 대로 가라고 필남을 재촉하기도 했다. 하지만 필남에게는 자기 암시의 꿈이나 무의식에서 그려지는 얼굴이 없었다. 껍질을 깰 만한 용기가 없을 뿐더러 껍질을 깨는 소동도 일으키고 싶지 않았다.

길버트 그레이프가 무표정한 얼굴로 필남을 들여다 볼 때도 있었다. 싱클레어와 달리, 보면 볼수록 가여운 사람이었다. 어린 나이에 가족의 생계를 책임져야 하는 그에게 삶은 한없이 소모적이고 반복되는 일상일 뿐이었다. 그리고 산다는 것은 주체의 의지에 따라 움직인다기보다 그저 주어진 일상을 묵묵히 견디어내는 과정이라고, 제 삶을 펼쳐서 보여 주었다. 하지만 필남의 생각은 또 달랐다. 삶이라는 게 그렇게 호락호락 하지도 않을 뿐더러 산다는 것은, 막연한 생각이긴 하지만, 어떤 형태로든 저를 증명해 보이는 과정이어야 했다. 길버트에게 싱클레어의 내면은 배부른 소리처럼 들릴지도 모르지만 필남은 가족 속에 자신의 색을 매몰시킨 채 지내는 진주댁처럼 살기는 싫었다.

필남은 여전히 반듯하게 누워 천장을 보고 있다. 희남 언니는 무슨 공부를 다시 하고 싶은 걸까? 다니던 대학도 그만 두고 아침부터 밤늦도록 독서실에서 수능 준비를 하는 이유는 무엇일까? 싱클레어와 길버트는 왜 불쑥불쑥 내게 말을 걸어오는가? 별의 속삭임 같기도 하고 마음의 불덩이가 움직이는 소리 같기도 한 그 의문은 또 다른 생각으로 길을 열었다. 나는 무슨 공부를 해야 하나, 무엇을 하며 살아야 하나, 내가 하고 싶은 것은 무엇인가, 내가 잘할 수 있는 건 무엇인가……. 요리처럼 완성하는 것도 아니고 책처럼 페이지가 넘어가는 것도 아닌 생각이 뱅그르르 그 자리만 맴돌았다. 이토록 괴롭고 막막한 생각은 서서히 가슴의 응어리가 되고 불덩이가 되어 새벽마다 주인의 잠을 깨웠다. 퍼뜩 일어나라는 진주댁의 고함이 들릴 때까지 필남을 결박시켜 누워 있게 했다.

＊

일요일에는 갑자기 일어나 집 밖으로 나섰다. 그 사이 여름은 멀리 달아났는지 새벽의 찬 공기에 살갗이 오소소 일었다. 등산복을 입은 어른들이 간혹 보일 뿐 거리는 텅 비어 있었다. 무섬증이 들어 골목길은 피하고 큰길을 따라 걸었다. 그래도 육거리의 버스 정류장에는 사람들이 제법 보였다. 마음 같아서는 서출지에 가고 싶었다. 이제 꽃이 많이 피었을까? 아니면 지고 있을까? 화보로만 보았던 연밥은 올라왔을까? 하지만 경주까지는 너무 멀었다. 이럴 때면 빨리 어른이 되어 운전면허증을 따고 싶다. 아버지의 낡은 차라도 슬쩍 끌고 나와 한 바퀴 돌면 좋을 것 같았다.

필남은 드문드문 오가는 사람들과 연기를 달고 떠나는 버스를 무심한 눈으로 바라보았다. 그 사이 거리는 어둠이 거의 걷히고 있었다. 망연하게 서 있던 필남은 712번 버스가 오자 천천히 올라탔다.

들꽃학습원의 아침 인사는 마타리가 열고 있었다. 길고 가느다란 줄기와 가지 끝에서 좁쌀같이 자잘한 꽃들이 흔들려 마치 노란 바람이 부는 것 같았다. 피고 지는 꽃 사이에 시간이 흐르고, 계절이 오고 갔다. 꽃은 때가 되면 어김없이 피었다가 어느 순간이면 다시 말없이 스러진다. 꽃은 무엇으로 지상에 제 흔적을 드러내고 가는 걸까, 나는 또 무엇으로 내 흔적을 나타내야 하는 걸까, 꽃도 사람처럼 생각할 수 있을까, 고민과 걱정이 있을까? 필남의 질문은 마음 속에서 끝없이 흘렀다.

필남은 때죽나무 아래 벤치에 앉았다. 지난 봄에 나리의 고민을 들어 주었던 바로 그 자리였다. 나리라면 어떨까, 정은은, 현지는……? 전해 들은 말이긴 하지만 재혁의 길은 분명했다. 재혁은 일찌감치 사진에 제 인생을 걸었다고 했다. 어릴 때부터 카메라 만지는 것을 좋아하다 중학교 다닐 때는 몇 년 동안 모은 용돈으로 수동카메라를 샀고, 이제 디카까지 가지게 되었다. 그러니 원하는 대학도 일찌감치 점찍어 두고 거기에 맞추어 나름대로 전략을 세웠다고 했다. 필남은 이 순간 자신이 원하는 길을 가고 있는 재혁이 부러웠다. 그에 대한 감정의 앙금은 아직도 여전하지만 인정할 건 인정해야 한다는 생각이 들었다.

＊

교탁 오른쪽에 있는 프로젝션 TV에서는 날렵하게 생긴 강사가 수학 문제를 풀고 있다. 학교에서는 주당 34시간의 수업으로도 모자라는지 매일 교과 특기적성 수업을 하고, EBS 방송수업까지 수시로 틀어댔다. 하지만 열심히 듣는 학생은 거의 없다. 교재를 사고 가만히 앉아 있는 걸로 담임에 대한 예의는 이미 끝낸 터라 표 나지 않게 제각각 딴짓거리다. 드디어 기다리던 차임벨 소리가 울리자 필남은 서둘러 밖으로 나왔다. 나리는 집에 갈 때 보면 된다고 말했지만 필남은 그때까지 도저히 기다릴 수 없었다.

필남은 급식소와 반대 방향인 교문으로 달렸다. 오늘만은 밥보다 코스모스가 먼저였기 때문이었다. 꽃이 드디어 피었다는 나리의 말을 들은 건 아침이었다. 하지만 외출증을 끊지 않는 한 교문 밖 출입은 어림없었기에 들썩이는 마음으로 저녁시간을 기다렸던 것이다.

필남은 한달음에 달려 나리의 집 앞에 도착했다. 저만치 화단이 보이는 자리에서 일단 멈추고 가쁜 숨을 진정시켰다. 그리고 한 걸음 한 걸음 천천히 다가갔다. 과연 꽃은 저들끼리 조용히 피는 중이었다. 남실거리는 잎과 줄기의 호위를 받고 가느다란 꽃대에 의지해 말아 쥔 꽃잎을 풀어내고 있었다. 아직

연두색 막 안에 단단히 뭉쳐 있는 것이 대부분이었으나 화사한 분홍으로 환하게 핀 꽃도 세 송이나 되었다. 그 동안 필남이 한 일이라고는 어쩌다가 물을 준 것밖에 없었다. 그런데 몇 번의 시도에도 끝내 썩어버린 나리꽃과 달리 코스모스는 착실하게 커 주었다. 필남이 힘들 때마다 찾아오게 해 준 것도 고마운 일인데 이렇게 꽃까지 피워 주니 그저 경이로울 뿐이었다. 필남은 점점 마음이 벅차올라 목이 메고 눈가가 붉어졌다. 필남에게 코스모스는 단순한 식물이 아니라 생전 처음 심고 가꾼 생명체였으며, 울적하고 심란할 때마다 위안을 받았던 존재였다. 그랬던 것이 결국 꽃까지 피웠으니 황홀한 감동을 받지 않을 수 없었다. 게다가 필남에게 있어서 코스모스는 나리와의 관계에 대한 상징이었다. 필남이 처음으로 나리에게 들꽃학습원을 보여 준 날, 코스모스 또한 필남의 마음처럼, 나리가 오가는 길목에 뿌리 내리게 되었으니까.

*

『모두 아름다운 아이들』에는 다섯 편의 소설이 실려 있는데 각각이 완결된 구조를 갖춘 독립된 작품이다. 발표 시기가 다르고, 주인공을 빼면 등장인물도 조금씩 다르지만 어느 작품이나 십 년 전 우리 나라가 안고 있던 학교 안팎의 문제들과 그것을 고민하고 해결하려고 노력하는 과정을 담고 있다. 필남은 소설을 읽으면서 1990년대의 고등학생이 겪은 억압과 고민의 실체를 보았다. 3년의 시간을 사는 주인공이 주어진 현실을 어떻게 인식하는지, 대응 양상은 또 어떻게 변해 가는지에 대해 직접 경험하는 것처럼 느낄 수 있었다. 배경이 되는 시대가 다르고 남학교의 생활을 다루는 점은 필남의 현실과 달랐지만 그들을 충분히 이해하고 공감할 수 있었다. 필남은 처음에는 주인공인 '선재'를 따라 순서대로 소설을 읽었고, 두 번째는 줄을 긋거나 메모를 하며 정독했다. 그리고 마지막으로 메모와 밑줄을 참고하여 각 소설을 요약, 정리해 보았다.

　－첫 편은 「구름 그림자」다. 이 소설에는, 사람은 각자의 구름 아래에서만 산다는 전제 하에 기성세대와의 가치관 차이를 극복하지 못하는 고민이 드러나 있다. 부모가 없어 선재의 보호자였던 누나는 결혼을 하면서도 동생을 데리고 살려고 하고, 그것이 당연하다고 생각한다. 그래서 자유롭게 살아보기를 원하는 선재의 희망사항은 누나의 강압에 무참히 깨진다. 말로 할 때는 이길 수 있지만 누나의 눈물 앞에서는 꺾여 버리고 만다. 선재는 눈물도 억압의 한 형태임을 알면서도 저항하지 못하고

만다. 아직 어리고 순진하기 때문에 누나의 말을 거역하기 어려웠던 것이다.

두 번째 소설인 「허생전을 배우는 시간」에서 선재는 다른 인물들에게 시선을 돌린다. 그들은 존경하고 따를 만한 왜냐선생과 허생, 투사 등의 어른들과, 학교라는 제도의 억압을 견디지 못하고 반발하는 윤수라는 친구다. 허생전을 가르치는 국어 선생인 왜냐선생은 전교조 사건으로 해직 당하고, 윤수는 왜냐선생이 옳음을 온몸으로 항변한다. 이러한 스토리가 숨가쁘게 흘러가는 가운데 이 작품은 소설을 읽고 가르치는 방법, 배우는 방법 등이 자연스럽게 전개되어 그걸 따라 읽는 재미도 크다.

「반성문을 쓰는 시간」에서 억압 요소는 사회다. 보호해야 한다는, 질서를 유지해야 한다는 명목으로 청소년을 영원한 아이로 묶고, 친구들끼리의 만남조차도 정치 집회로 왜곡하는 사회에 반발하며 선재는 반성문을 쓴다. 그 반성문은 선재 자신과 사건을 천천히 되새겨보는 글로 나타난다. 그런데 참으로 아이러니하게도 그 반성문을 통해 독자는 선재 쪽에 잘못이 있는 것이 아니라 학교와 교사와 부모가 잘못하고 있음을 발견하게 된다.

「모두 아름다운 아이들」은 고3 수험생들의 대학 합격을 위한 기원의 밤 행사에 얽힌 이야기다. 여기서 윤수는 적자생존의 논리를 거부하고, 몇 사람만을 위한 입시제도의 잔혹함을 고발한다. 예민하게 고민하고 현실에 더 치열하게 부딪쳐 온 윤수이기에 반작용의 행동 폭도 그만큼 커지게 된다.

「섬에서 보낸 여름」에서 선재는 가출해서 미리 생각해 두었던 섬으로 떠난다. 짝의 집을 방문했다가, 경석이가 완고한 아버지와 집안 식구들에게 자신을 왜곡시켜 놓은 걸 보고, 혼자 나와 버리면서였다. 임신했는데도 아이를 낳지 않겠다는 누나에 대한 불만도 있었다. 선재는 섬에서 혼자만의 시간을 가지며 윤수를 기다리며 사색에 잠긴다. 한편 윤수는 두레학교로 삶의 방향을 정했다는 소식을 편지로 전한다. 섬에 태풍이 예보되자 피서객들은 물론 장사치들도 섬을 빠져나간다. 선재는 태풍 직전의 고요 속에서 '지치고, 외롭고, 일그러진' 자화상으로서의 내면을 들여다보며 나름대로의 결론을 이끌어낸다. 삶에 대한 경건한 자세를 갖겠다는 다짐이 그것이다. 바야흐로 선재는 이제 막 성년의 문턱에 들어선 것이다.

대부분의 작품은 일기체로 되어 있다. 일기는 자기반성의 도구가 되는 동시에 사건이나 인물을 객관적으로 보게 한다. 자신의 내면을 들여다보고 세계에 대응하는 자세를 갖추어 나가는 화자의 입장과 일치하는 문체다. 뿐만 아니라 인물들이 몸담고 있는 공간이 얼마나 억압적이며 제멋대로인가를 보여주는 장치이기도 해서 이 작품의 주제와도 잘 맞다. 필남은 선재의 일기를 읽어나가면서 가치의 다름을 인정하지 않고 오로지 자신의 잣대만을 강조하는 타인(「구름 그림자」)의 모습을 보았다. 부모에게 죽임을 당하는 아기장수 설화를 빗댄 억압적인 가정(「섬에서 보낸 여름」)을 보았고, 적자생존의 원리에 충실한 입시제도의 모순(「모두 아름다운 아이들」)을 읽었다. 또 학생들을 보호하고 질서를 유지한다는 명목으로 휘두르는 기성사회(「반성문을 쓰는 시간」)와, 제도와 질서에 저항하는 체제 개혁가(「허생전을 배우는 시간」)도 보았다. 왜냐선생과 투사는 알고 보니, 껍질을 깨고 알 밖으로 나오라는 데미안과 크게 다르지 않았다.

소설 속의 몇몇 장면은 마치 영화처럼 선명한 이미지로 남아 있다. 운동장에 홀로 앉아 제 뜻을 밝히는 윤수를 향해 선재가 달려 나가는 장면, 예정되었으나 열리지 못했던 놀이판, 바바리코트를 입고 행사장에 나타나 촛불을 끄라고 외치는 윤수, 거친 비바람 속 파도가 으르렁대는 해변을 지치도록 달리는 선재……. 이 아름다운 장면들은 영화, 〈길버트 그레이프〉처럼 필남의 뇌리에 오래도록 남을 것 같았다.

필남은 줄 그은 구절 중에서 마음에 당기는 글을 베낌 공책에 그대로 적었다. 손이 느려 얼마 옮기지 못했지만 그냥 읽을 때와는 느낌이 많이 달랐다. 섬세하고 짜릿한 감각이 손끝을 타고 전해지는 것 같았다. 장님이 손바닥으로 쓰다듬어 사물의 모양을 알아내듯 필남은 볼펜을 꾹꾹 눌러 쓰며 글 자체의 아름다움과 작가의 목소리를 들으려고 애썼다.

필남은 또 한 권의 공책을 꺼냈다. 사색을 통해 상황을 견뎌내고 고찰하여 결국 삶에 대한 경건한 자세를 다짐하는 선재를 본받기 위해서였다. 고민의 내용이 서로 다르고 주어진 상황 또한 다를 것이지만 방법만은 통할 터였다. 필남은 이제부터라도 일기를 쓰면서 선재처럼 자신과 친구들, 학교생활을 면밀히 관찰하고 사색하리라 마음먹었다.

✳

추석 한낮이다. 차례를 지내자마자 친척들은 썰물처럼 빠져나갔다. 김상사와 민국이 시골로 가고 언니들마저 어디론가 나가버리자 집 안은 갑자기 조용해졌다. 필남은 어제부터 지금까지 차례상 준비에 바빴던 진주댁을 방으로 밀어 넣고 주방으로 들어갔다. 좀 변변한 옷으로 갈아 입고 화장이라도 했으면 해서였다. 제기는 이미 닦아 넣었는데도 주방에는 단체 손님을 받은 뒤처럼 빈 그릇들이 쌓여 있었다. 필남은 고무 장갑을 끼고 싱크대 앞에 서서 수도꼭지부터 한껏 열었다. 필남은 설거짓거리가 많을수록 요란스럽게 하는 것이 좋았다. 우당탕거리다 보면 수세미질도 탄력을 받고 리듬이 붙어 잡생각이 사라지는 걸 느낄 수 있었다. 게다가 곧 준태 오빠가 올 것이다. 그 생각을 하면 명절 준비와 뒤치다꺼리로 한없이 피곤해진 몸이지만 정신은 찬물처럼 맑았다.

앞치마를 벗고 홀로 나오니 이미 식당 방 앞에 남자 신발이 놓여 있었다. 필남은 숨을 죽이며 쪼그리고 앉아 방에서 흘러나오는 소리에 귀를 기울였다.

- 그래, 산소는 가 봤나?

- 어제, 큰집에 갔다가 둘러보고 왔어요.

- 할매는 잘 계시고?

- 예, 잇몸이 부어 고생하셨대요. 이제 많이 늙으셨나 봐요.

말이 없다. 필남은 진주댁이 울고 있는 것만 같아 마음이 초조했다. 옆에 있는 걸레를 당겨 준태의 신발에 묻은 흙을 천천히 닦았다.

- 미, 미안하구나.

- 이제 그런 말씀 안 하셔도 돼요. 근데 집에 아무도 없습니까?

- 민국이는 아부지 따라 산소 가고 필남이는 있어. 설거지하고 있을 끼다.

- 민국이가 어려도 종손 노릇을 단단히 하나 봅니다.

또 말이 끊긴다. 필남은 나머지 신발 한 짝도 조심스럽게 걸레질했다.

- 안색이 안 좋으십니다. 어디 아프세요?

- 아이다……. 니가 걱정이지 내사 아무 일 없따.

- 쉬엄쉬엄 하세요. 이제 나이도 생각하시고요.

필남은 준태의 신발을 가지런히 놓은 다음 가만히 일어섰다. 눈가가 시큰거리고 목이 메어 금방이라도 눈물이 쏟아질 것만 같아서였다.

- 이거 받으세요.

- 뭐, 뭐꼬?

- 아르바이트해서 번 돈이에요. 아주 조금요. 화장품이라도 하나 사세요.

- 야가 지금 와 이라노. 내가 니 돈을 우찌 받노. 준태야, 그러지 말고 이 돈 받아라. 니 주라꼬 민국이 아부지가 준 기다.

- 이제 그런 거짓말 안 하셔도 돼요. 어머니가 따로 챙기신다고 애쓰는 거 모르지도 않고, 등록금 대 주시는 것만 해도 감사하게 생각하고 있습니다. 그 동안 두 분 덕분에 아버지 유산 축

내지 않고 잘 지내 왔잖아요.

─야는 무슨 말을, 우리가 그것도 안 하고 우찌 니를 볼라꼬.

─군대까지 갔다온 놈인데 이제 제 앞가림은 제가 해야죠. 이제 2년 남았습니다. 취직하면 그 때 제가 잘할게요. 필남이, 민국이 뒷바라지는 저도 도울 겁니다.

준태의 신발 위로 필남의 눈물이 뚝뚝 떨어졌다. 안에서 나는 진주댁의 울먹임 소리 때문에 필남의 기척이 묻혀 다행이었다. 하마터면 밖에서 엿듣고 있는 것을 고스란히 들킬 뻔했다. 필남은 주방으로 가서 수도꼭지를 있는 대로 틀어 놓고 울음을 쏟아냈다.

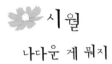

# 시월
## 나다운 게 뭐지

올해는 농사가 잘 되었다고 한다. 텔레비전에서는 벌써 수확에 들어가는 성질 급한 논과 아기 머리만한 배를 비춰 주며 풍년을 노래했다. 가족이나 친구 이상으로 텔레비전을 끼고 사는 사람들의 마음도, 대개 농사와는 거리가 멀었지만, 가지가 휘도록 열매를 단 사과나무처럼 풍성해졌다. 어떤 과수원 주인은 이러다가 가격 폭락이 올까 걱정된다고 했다. 하지만 배나무 옆에서 포즈를 취한 그 사람은 가선 진 얼굴을 환하게 드러내며 웃고 있었다.

그러나 추석을 지낸 일 주일 뒤, 텔레비전은 바람 소식으로 분주해졌다. 태평양 아래쪽에 머물고 있다는 태풍의 눈을 보여 주던 기상 캐스터가 어느 순간 심상찮은 말을 했다. 잠깐만에 비옷으로 갈아 입은 그가 호우주의보를 발표할 때는 화면 밖에도 이미 비가 내리고 있었다. 발이 묶였다는 등산객들과 물이 들어오기 시작했다는 지하 방이 비춰질 때는 필남이 사는 동네에도 무더기비가 쏟아졌다.

선생들은 저녁 급식 직후 학생들을 귀가조치 했다. 바람 때문에 우산은 금방 부서졌고, 채찍비 때문에 성한 우산도 제구실을 하지 못했다. 일찌감치 가게를 닫은 남자들은 하수구 구멍 앞에서 담배를 피우며 불안한 시선을 나누고, 여자들은 양초와 성냥을 챙기기도 했다. 밤새도록 쏟아 붓던 빗줄기가 아침이 되자 조금 가늘어지는 것 같았다. 하지만 교복을 입던 필남은 관내 학교가 모두 휴교한다는 방송을 들었다.

물 잠긴 거리에 소가 떠내려가고, 간신히 지붕 위에 올라간 사람들이 구조를 요청하는 화면과 달리 필남이네 집에는 물이 들지 않았다. 김상사는 비가 조금만 더 왔으면 큰길의 하수구가 넘쳐 역류한 물이 집 안으로 들이닥쳤을 것이라고 했다. 젖은 몸으로 젖은 담배를 피우는 김상사의 손이 가늘게 떨리는 걸 보며 필남은 연민과 안도감을 함께 느꼈다. 『호밀밭의 파수꾼』을 집어 들었으나 읽히지 않았다. 빗소리 때문에 잠을 설쳐 피곤할 뿐이었다. 하품을 하며 침대에 눕다가 화들짝 몸을 일으켰다. 필남은 급히 지갑을 챙기고 잠바를 걸쳐 입으며 방을 나왔다. 저, 저 아가 밥도 안 묵고 어디 가노, 하면서 진주댁이 불렀으나 뒤돌아보지 않았다.

택시를 타고 오면서 본 거리처럼 나리의 집 앞도 나뭇가지와 현수막 조각들이 부러지고 찢긴 채로 뒹굴고 있었다. 필남의 걸음은 이미 흐트러지고 있었다. 모퉁이를 도는 순간부터 주인을 반기던 코스모스가 보이지 않았기 때문이었다. 일제히 꽃을 피워 한참 아름다움을 뽐내던 코스모스였었다.

가까이 가서 보니 화단에는 커다란 입간판이 거꾸로 처박혀 있었고, 코스모스는 보이지도 않았다. 필남은 우산을 저만치 던져두고 안간힘을 써서 입간판을 들어 올렸다. 그 아래에 온통 짜부라진 꽃이 모습을 드러내었다. 붉거나 하얀 꽃이 땅에 처박혀 꼴이 말이 아니었다. 판자를 피한 것은 이미 저만치로 뽑혀 날아가 뿌리를 허옇게 드러내기도 했다. 빗물인지 눈물인지 눈앞을 자꾸 가렸지만 필남은 흙을 털고 꽃 모양을 잡으며 꺾인 코스모스를 세우려고 했다. 하지만 아무리 애를 써도 소용없었다. 한 번 꺾여버린 코스모스는 깨진 유리조각 같아서 제 몸을 다시 일으키지 못했다. 빗방울이 뼛속까지 스며들어 한기가 들었지만 필남은 자리를 뜰 수 없었다.

눈이 떠지는 새벽마다 멍하니 천장만 바라보던 필남이 어느
새벽에는 형광등을 켜고 앉은뱅이책상에 앉았다. 서랍에서 일
기장을 꺼내 첫 장부터 넘겼다. 처음에 결심한, 하루 한 쪽은
지키지 못했지만 그 사이에 분량이 제법 되었다. 학급이나 도
서실에서 있었던 에피소드며 나리의 일거수일투족과 나리가
전하는 재혁이 소식, 정현희 선생의 말이 필남의 손을 거쳐 일
기의 내용으로 들어앉았다.

　　깨끗한 페이지가 나오자 필남은 공책 가운데에 줄을 하나
그었다. 왼쪽 상단에는 '내가 잘하는 것(되는 것)'이라고, 오른
쪽 상단에는 '내가 못 하는 것(안 되는 것)'이라고 적었다. 필남
은 머리에 떠오르는 대로 '공부', '노래', '춤', '체육', '발표'를
오른쪽에 죽 적어 넣었다. 그러고도 더 쓸 게 있다는 걸 스스로
딱하게 여기면서 '돈', '얼굴', '몸매'를 적었다. 왼쪽에는 '요
리', '설거지'를 적고 한참 만에, 좀 낯간지럽긴 했지만, '책 읽
기'를 추가했다. '글쓰기' 뒤에는 괄호를 쳐서 물음표를 집어
넣었다. 내가 잘하는 게 뭐지? 필남은 다시 생각했다. 아, 그렇
지, '꽃 이름 알기'. 거기까지는 좋았는데 '혼자서 들꽃학습원
가기'는 어느 쪽에 적어야 할지 헷갈렸다. 당장 진주댁만 하더

라도 역마살이 끼었다느니, 가스나가 겁도 없다느니 호통을 쳤으니 그닥 잘하는 일은 아닌 것 같았다. 그러나 필남은 그 동안 들꽃학습원에서 받았던 위안과 기쁨을 떠올리며 왼쪽에 또박또박 적어 넣었다.

다음 페이지에는 '하고 싶은 일'이라는 제목을 붙였다. 요리와 설거지를 잘한다고 해도 진주댁같이 식당 주방에서 평생을 썩기는 싫은 필남은 맨 먼저 '꽃을 가꾸는 사람'을 생각했다. 그야말로 필남이 좋아하고 잘할 수 있는 일일 것 같았다. 길모퉁이 꽃집 아저씨처럼 매일 물뿌리개를 들고 화분들 사이를 오간다면 참 행복하고 좋아 보일 것 같았다. 원예학과로 진학하거나 곧바로 취직해서 꽃을 심고 가꾸는 기술을 배우면 되겠지, 그리고 내 소유의 꽃집을 갖는 거야. 필남은 금방이라도 그 꿈이 이루어질 것처럼 혼자서 중얼거렸다.

하지만 필남은 이내 고개를 젓고 말았다. 어쩐지 아닌 것 같았다. 꽃을 좋아하고 이름을 많이 아는 것하고 꽃집을 경영하는 것은 달라 보였다. 곧바로 연결시킬 수 없는 벽이 있었다. 결국은 가게를 차려 장사를 하겠다는 건데 그 일은 남을 직접 상대하는 일이다. 마음과 상관없이 손님의 비위를 맞추어야 하고 장사 수완도 있어야 할 것이다. 게다가 하루 종일 가게에만 매달려 있다 보면 개인적인 시간을 내기 어려울 것이다. 혼자

걷거나 버스를 타는 걸 좋아하는데 어른이 된다고 변할 것인가를 생각해 보면 고개가 저어졌다. 떠나고 싶을 때 떠날 수 없는 건 내 스타일이 아냐. 필남은 다시 중얼거렸다.

책은 어떨까 하는 쪽으로 생각이 옮겨졌다. 도서 동아리 출신이니 책을 분류하거나 찾는 일은 잘할 것이다. 다양한 사람들을 상대해야 하는 서점보다는 도서관 같은 곳에 근무하면 좋을 것 같다. 가만, 그런 쪽에서 일하려면 자격증 같은 것을 따야 하나? 도서관학과를 나와야 하는 건가? 집에서 다닐 수 있는 인근 대학교에 그런 과가 있기는 한 건가? 필남은 당장 인터넷을 통해 알아봐야겠다고 생각했다.

도서관, 이렇게 마음먹고 보니 뭔가 다시 아쉬웠다. 책 그 자체보다 책 내용에 관심이 더 큰 게 아닌가 하는 마음 때문이었다. 출판사 쪽으로 생각을 돌려 보았다. 책을 기획하고 만드는 작업은 어떨지 모르지만 꼼꼼하게 읽고 거듭해서 읽는 건 자신 있으니 교정은 잘할 수 있을 것 같았다. 그러려면 무슨 공부를 어떻게 해야 하는가가 또 궁금했다.

필남은 손바닥으로 얼굴을 감싼 채 일기장을 노려보았다. 그렇게 생각을 진전시켜 나가도 가슴 속 붉은 덩어리가 흩어지지 않았기 때문이었다. 새벽마다 필남의 잠을 깨우던 그 덩어리는 뭔가 다른 말을 하고 싶어 하는 것 같았다. 조금만 더 귀를 기울이면 덩어리의 속삭임이 들릴 것 같은데 도무지 거리가 좁혀지지 않았다. 필남은 침대 위로 벌렁 누워 눈을 감아 버렸다. 행성과 별들이 보이는 원시 우주 속으로 둥둥 몸이 떠다니는 느낌이었다.

\*

오랜만에 나리와 함께 들꽃학습원을 찾았다. 2학기 중간고사를 마친 오후였다. 그 곳도 열흘 전에 다녀간 태풍의 잔해가 곳곳에 남아 있었다. 무성했던 벚나무의 잎들은 거의 떨어져 올해는 단풍 구경이 어렵다는 보도를 실감나게 했고, 쓰러진 채 말라가는 나무도 여러 그루나 되었다. 뿌리가 뽑혀나간 자리는 아직 붉게 패여 있었고, 꽃밭도 많이 허물어져 있었다. 작은 컵처럼 생긴 보라색 잔대와 모싯대가 땅에 엎드려 간신히 피었고, 노란 원추천인국은 늙은 노파처럼 바싹 말라 있었다.

"아, 저기 있던 코스모스도 다 뽑혔나 봐. 난쟁이 몇 개만 간신히 남았네."

빈터 같은 꽃밭을 바라보며 나리가 말했다.

"그러게 말이야. 참 허망하다. 코스모스의 가장 아름다운 시절을 다 가져가 버렸어."

필남 역시 쓸쓸한 눈길로 이곳저곳을 훑으며 낮게 말했다. 괜히 왔다는 생각이 들자 더 이상 있고 싶지 않았다. 그러자 생각지도 않았던 말이 불쑥 튀어나왔다.

"부추전 해 줄까? 땡초고추 넣어서 아주 맵게."

"너, 많이 심란한 모양이구나."

"그런가? 그러네."

아주 급한 일이 생긴 것처럼 필남과 나리는 발걸음을 돌렸다. 뭔가에 몰두해야만 시간의 공백을 메울 수 있을 것 같았다. 반찬 가게에 들러 부추와 양파, 고추와 담치를 사서, 5층까지 후닥닥 올라가 다듬고, 씻고, 다지고, 반죽해서 구워내니 보기에도 먹음직스러운 부추전이 완성되었다. 필남이 식초를 넉넉하게 넣은 간장 소스를 만드는 동안 나리는 젓가락부터 들이 댔다.

"와, 맵다."

"썰 때부터 어지간히 맵더니 잘 됐네. 너 좋아하잖아."

"넌 어떻고? 날고추장에 밥 비벼먹는 애는 너밖에 없을걸. 자, 먹어보자구요."

둘이 선 채로 젓가락으로 전을 찢어가며 먹다 보니 순식간에 한 장이 없어졌다. 필남은 가스 불을 한 단계 올리고 전을 뒤집어 노릇노릇하게 구워냈다. 옆에서 지켜보던 나리가 수납장에서 기다란 병을 끄집어냈다.

"짜잔, 여길 보시라! 집에 갔을 때 아빠 거 슬쩍했지."

"어쭈, 우리 범생이가 재미 붙였네."

"그런 말 마라. 너 마시는 거 보고 확보해 놓은 거야."

필남은 피식 웃고 말았다. 나리는 지금 태풍 불던 날을 이야기하려는 참인 것 같다. 그 날, 필남은 허리 꺾인 코스모스를 쥐고 나리에게 올라갔었다. 수건으로 머리를 털고 옷을 갈아입어도 계속 몸이 떨리는 필남에게 나리는 술을 부어 주었다. 예전에 재혁이 두어 잔 마신 다음 남겨 두고 간 백포도주라고 했다. 필남은 단숨에 마신 다음 잔을 채워 나리에게 건넸다. 서너 번 주거니받거니 할 때는 몰랐는데 어느 순간부터 표정이 풀리고 말이 주절주절 흘러나왔다. 기다란 술병이 바닥을 드러내자 필남과 나리도 바닥에 털버덕 주저앉아 버렸다. 길에서 우연히 만났던 처음처럼 누가 먼저랄 것도 없이 웃음을 터뜨렸다. 그 날, 속이 메슥거리고 어지러워 끝내 한참 동안 누워 있어야 했지만 코스모스로 인한 속상함은 조금 잊을 수 있었다.

나리는 노란 수선화가 그려진 머그잔 두 개를 꺼냈다. 나리가 붉은 포도주를 가득 붓는 동안 필남은 제가 깼던 컵 하나가 생각나 피식 웃었다. 술의 달곰쌉쌀한 맛에 이끌려 필남은 거머쥔 잔을 연거푸 입으로 가져갔다.

부추전을 웬만큼 먹은데다가 포도주까지 바닥을 보였다.

"한 병 더 꼬불쳐 올걸, 아쉽다. 근데 필남이 너, 술 잘 마신다."

"우리 엄마 딸이잖아."

말이 머리보다 먼저 나와 버렸다. 요량 없이 툭 불거진 말이었다. 필남은 적잖이 당황하며 머그잔을 끌어당겼다. 컵 위로 눈을 치뜨니 나리는 그 말을 듣지 못한 것처럼 그저 표정 없이 앉아만 있다. 긴 머리와 발그레한 볼, 끔벅이는 눈이 명화 속 여인같이 아름다워 보였다. 이런 게 술기운인가? 마음 한 구석에 따뜻한 바람이 불고, 몸이 간지러웠다. 그 틈을 탔는지 생각지도 않았던 말이 또 불쑥 나왔다.

"네 사진이 정말 재혁이 블로그에 올라 있니?"

큿큿, 나리가 웃었다.

"온 학교 애들이 다 봤다고 그러더니만……."

"아, 알고 있었어?"

"물론. 뿐만 아니라 여름에 돌았던 소문까지도 다 알고 있어. 난 너도 본 줄 알았는데, 그래서 머그잔 던진 거 아니었어?"

"에이, 그 이야기는……."

"그래. 다 지난 일이지, 뭐. 그 블로그, 지금 들어가 볼까?"

필남은 나리가 이끄는 대로 침대에 걸터앉았다. 나리는 인터넷에 접속한 다음 즐겨찾기에 링크되어 있는 재혁의 블로그로 이동했다.

짙은 못 물에 줄기가 꺾여 거꾸로 처박힌 것은 연이었다. 뒤편의 누각과 안으로 쏠리는 나무들, 틀림없는 서출지였다. 필남은 모니터에 바짝 눈을 들이대지 않을 수 없었다. 나리가 마우스를 누를 때마다 새로운 사진이 펼쳐졌다. 푸른 하늘을 향해 주먹을 내민 연밥, 흰색에서 자주색까지 팝콘 같은 꽃을 단 배롱나무와 갈대, 비슷한 높이로 공중 부양한 분홍색 꽃들, 뒤채는 연잎과 하늘거리는 연꽃이 차례로 화면에 떴다. 서출지 시리즈는 나리의 생일날에 찍은 것으로 마무리되었는데 넌출거리는 연잎과 단단히 말아놓은 붓 모양의 꽃망울 사진이었다. 이제 필남이 마우스를 잡았다. 하나하나 클릭해 나가자 화면은 조금 전과 거꾸로 이동하여 잎 나고, 꽃 피고, 열매가 맺는 순서대로 여름과 가을이 흘렀다.

"마음에 드는구나."

"응."

"나도 재혁이 사진이 좋아. 잘 모르긴 하지만 빨아 당기는 힘이 있달까? 감각도 감각이겠지만 무지무지 많이 찍더라. 책도 많이 보고."

필남은 초록색을 잃어버린 채 빈 못에 메다 꽂힌 연잎 줄기를 바라보며 나리의 말에 고개를 끄덕였다. 잠시 뒤 마우스를 다시 쥔 나리가 그림 한 장을 화면에 띄웠다. 머리를 틀어 올린 여자의 뒷모습을 상반신만 흑백으로 잡은 사진이었다. 긴 목선과 동그란 어깨선으로 부드러운 빛이 흐르고, 날개뼈 아래와 허리는 상대적으로 그늘이 짙었다.

"현지 말처럼 나 맞아. 재혁이 원하기에 이 자리에서 모델이 되어 줬어. 하지만 그뿐이야. 혼자 산다고 문란하게 놀진 않았다는 거지. ……그래, 남자의 몸에 대한 호기심도 있었고, 같이 자고 싶기도 했어. 그런데 결정적인 순간이 되자 오히려 재혁이 물러서더라. 내내 조르더니 말이야."

"……."

"걔가 그러는데 현지와 정은이 나를 꼬드겨 달라고 쑤셨다더라. 내가 흐트러지는 모습을 보고 싶었나 보더라구. 재혁이도 처음엔 장난으로 시작했었대. 나중에 진짜 좋아하는 마음이 생겨 스스로 당황했다니 말이야. 나도 그래, 현지나 정은이의 의도가 어땠던 간에 결국 재혁이를 알게 되었으니까 그 일을 문제 삼고 싶진 않아."

"성적 떨어지고 소문에 휘말린 건 어쩌고? 그 동안 너답지 못한 게 적잖았어?"

"그랬지, 현지가 바라던 대로 성적이 떨어지고 후배들에게 이상한 소리나 듣는 선배가 되어 버렸어. 하지만 필남아, 나다운 게 뭐지? 공부 잘하고 빈틈없고 말 잘하는 나? 똑똑하고 예의바른 나? 나도 그런 게 난 줄 알았어. 그런데 다름 아닌 그게 콤플렉스였더라. 모범생 콤플렉스 말이야. 언젠가 만날 엄마에게 자랑스러운 모습을 보여야 한다는 강박 관념 속에 나를 묶어둔 거였어. ……재혁이나 너를 만나지 않았으면 이런 생각도 못 했을 거야. 꽃이 피는지 바람이 부는지도 모르고 공부 못 하는 애들을 친절하게 대하면서도 속으로는 경멸했겠지."

필남은 할 말이 없었다. 필남은 나리의 강단진 말투와 정리벽에서 느꼈던 날카롭고 반듯한 직각을 생각했다. 그 동안 나리는 숨막히는 그 직각을 스스로 부드럽게 사포질하고 있었던 것이다. 필남은 나리를 물끄러미 바라보았다. 백련의 회장으로서 한 해의 일정을 발표할 때처럼 나리가 높아 보였다. 필남은 진심을 담아 말했다.

"언제나 부러워했는데 지금의 네가 가장 보기 좋고 샘이 난다."

"아냐, 말이 그럴싸해서 그렇지 힘든 순간이 많았어. 그 때 정현희 샘이 그러더라, 갑자기 방향을 틀면 비틀거린다고. 그렇지만 이내 다시 중심을 잡게 된다고 말이야."

"……."

"어느 방향으로 중심을 잡을지는 아직 모르겠어."

필남은 제 마음에 따리 튼 불덩이를 생각했다. 필남은 자신이 해 왔던 고민이 지금 나리의 입을 통하고 있음을 직감적으로 눈치챘다. 제 가슴의 불덩이만 들여다본다고 친구의 고민에는 그 동안 눈이 어두웠던 것이다.

필남이 손을 내밀자 나리가 맞잡았다. 따뜻하고 부드러운 손이었다. 무슨 이야기가 어떻게 흘러나올 지도 모르면서 필남은 가슴 속 불덩이가 재촉하는 대로 입을 열었다.

✲

새벽에 다시 눈이 떠졌을 때 필남은 그 전날에 있었던 독서 토론회를 생각했다. 오래간만에 이야기가 무성했고, 토론 또한 아주 격렬했다. 나리가 사회를 맡고 현지와 정은, 필남이 각각 패널로 앉게 되었는데 시작부터 생각이 첨예하게 갈렸다.

현지가 먼저 말했다.

"저는 이 책을 읽는 동안 화가 나서 미칠 것 같았습니다. 물론 처음에는 콜필드의 삐딱한 태도를 보며 '아, 뭔가 상처가 있겠구나' 라고 생각했습니다. 읽어나가며 열심히 그 계기를 찾아보니 동생 앨리의 죽음이 있었습니다. 그런 점에서 저는 주인공이 세상을 아주 삐딱하게 보는 점을 이해하고 다소 연민하는 마음까지 갖게 되었습니다. 하지만 아무리 그렇다고 해서 새벽에 갑자기 기숙사를 떠나 3일간 보여 준 주인공의 행동들을 이해할 수 없었습니다. 점점 짜증이 나기 시작했고, 정말 책을 집어던지고 싶었습니다.

주변의 모든 사람과 현실이 가식과 지저분함으로 덮여 있다고 생각하고 그것을 못 견뎌하는 것은 좋다 이겁니다. 아이들만 뛰노는 순수의 세계를 지키는 파수꾼이 되고 싶다는 것도 좋습니다. 그렇지만 주인공이 보여 주는 모습은 뭡니까? 기숙사를 떠난 사흘 동안 나약하고 자기중심적인 모습만 보여 주지 않았습니까? 저는 희망을 꿈꾸는 사람이라면 그 희망을 위해 최소한의 노력은 해야 한다고 생각합니다. 그러나 콜필드는 그저 현실을 떠나는 것 말고는 다른 생각이 없는 것 아닙니까?"

"그렇긴 해도 저는 콜필드를 이해할 수 있을 것 같은데요."

현지의 말과 어긋나는 말을 하는 정은이 다소 이상하다고 생각하면서 필남은 계속 귀를 기울였다.

"이 소설은 우리 나라와 문화적 환경이 다른 미국에서 펼쳐지는 이야기이긴 하지만 저는 주인공이 느끼는 갈등과 내면적 방황이 우리 나라의 십대들이 겪는 그것과 별 차이가 없다고 보았습니다. 콜필드는 재력을 가진 아버지와 예민한 어머니,

소설가인 형과 사랑스런 동생 피비를 가족으로 두고 있는 고등학생으로, 객관적으로 보면 그다지 고통스런 환경이 아닙니다. 잘 적응하는 학생들이 많은 걸로 봐서 그가 다니는 학교도 견디지 못할 정도로 힘들지는 않을 것입니다. 그러기에 저는 주인공의 갈등은 가족이나 학교의 문제라기보다 본인 스스로 그런 환경을 못 견뎌하고 우울하게 느낀다는 것에서 찾아야 한다고 생각합니다. 우리 주변를 봐도 그렇지 않습니까? 겉으로는 아무렇지 않지만 유달리 아파하고 고통스러워하는 친구들이 있거든요. 그런 친구에게 기존의 논리나 규율을 강제할 수는 없는 것 아니겠습니까? 세상에 대해 가지고 있는 냉소적이고 부정적인 생각들을 비난할 수도 없는 것이고요. 그런 점에서 저는 콜필드의 우울함과 방황을 이해할 수 있었습니다. 아니, 그의 3일이 부럽기조차 했습니다. 여기 계신 분들은 어떤지 모르겠으나 저 역시 낙제를 하거나 가출을 하고 싶은 생각이 한 번씩 들거든요."

방청석에서 동의하는 박수 소리가 나자 정은은 손을 흔드는 여유까지 보였다. 정은에게 저런 모습도 있었나 싶어 필남은 경탄의 눈으로 다시 쳐다보았다. 주어진 현실에 대해 예민하게 반응하고 환멸을 느끼는 콜필드에 대해 필남 또한 충분히 공감할 수 있었기 때문이었다.

장내가 조용해지자 필남이 이야기를 시작했다.

"저도 콜필드가 다른 사람과 근본적으로 다른 정서를 가지고 있다는 정은이의 의견에 전적으로 찬성합니다. 그는 항상 비껴선 자리, 슬쩍 빗나간 곳을 자신의 자리라고 생각하는 학생입니다. 내일이나 미래도 의미가 없으며 기존의 것이라면 체질적으로 거부하는 쪽인데 지금 우리의 현실에서도 얼마든지 찾아볼 수 있는 캐릭터이지 않습니까? 그래서 저는 무디고 얼렁뚱땅 넘어가는 안일한 삶보다는 항상 촉수를 날카롭게 세워 예민하게 반응하는 주인공의 삶이 더 좋습니다. 그런데다 주인공이 그저 반발만 하고 있는 것도 아닙니다. 자기 나름의 원칙이 분명히 있습니다. 이를테면 마음에 들지 않는 급우에게 거만하다고 말하고, 그 말을 철회하는 대신 창문 밖으로 떨어지는 걸 선택하는 친구를 좋아하는 것이나, 수녀에게는 10달러를 기부하면서도 약속과 어긋나게 5달러를 요구하는 창녀에게는 구타당하면서도 거부하는 모습을 보면 그렇습니다. 오빠를 따라가겠다고 짐을 꾸려 나온 피비에게 굴복하는 모습 또한 콜필드의 순진과 천진함을 보여 주는 것이라고 여겨집니다."

"하지만 우리가 성장소설을 읽는 것은 주인공의 성장을 지켜 보고 배우고자 하는 이유에서일 것입니다."

나리가 필남의 말을 받았다.

"그런 점에서 볼 때 콜필드는 긍정적인 인물이 아니라고 봅니다. 물론 그는 삶과 사람들에 대해 꿈을 갖고 있습니다. 그러나 그는 속으로만 끊임없이 그들을 무시하고 비난할 뿐 용기가 없고 실천하는 힘도 없습니다. 호밀밭에서 자유롭게 뛰어노는 아이들을 벼랑의 위험으로부터 지켜 주는 파수꾼이 되고 싶다고 말하고 있긴 하지만 정작 그런 상황이 닥친다 해도 그는 제대로 못 할 사람입니다. 당장 또 다른 환멸을 느낄 사람이기 때문입니다. 그리고 그런 꿈, 서부로 떠나 주유원이 되어 목장을 사고 산 밑에 통나무집을 짓고자 하는 것은 순수의 세계를 지향하는 인간의 모습이 아니라 상처받기 싫고 현실을 도피하고자 하는 모습일 뿐입니다. 사람이 아름다운 건 어울려 사는 세상에서 진정한 가치를 세운 다음 그것을 향한 의지를 다지며 열심히 제 길을 걷는 것이라는 점에서 볼 때 저 역시 주인공에 대해서 불만을 가질 수밖에 없었습니다. 그는 결국 세상에 지고 만 사람이니까요."

완곡하게 표현했을 뿐이지 현지의 생각과 별 다름 없었다. 필남은 나리가 어쩐지 머쓱해하고 있다고 생각했다. 그 동안에 있었던 현지와 나리 사이의 버성김을 아는 사람이라면 누구라도 그렇게 여겼을 것이다. 개인적인 감정과 독서 감상이나 토론은 다른 것이겠고, 또 마땅히 그래야 하지만 여태까지의 토론에는 종종 감정의 날을 세우곤 했기 때문이었다. 필남은 토론 내용을 들으며 아주 비슷한 두 사람의 내면을 새롭게 발견했다.

"잠시 말이 끊기는 느낌이 드는데 저는 조금 각도를 달리 해서 이 소설이 좋았던 점을 말해 보겠습니다."

정은이었다.

"이 소설의 끝은 맨 앞부분과 연결되어 있습니다. 앞과 뒤가 둥글게 맞물려 있는 구조는 작가나 주인공의 생각을 밖으로 내보이지 않고 안으로 품는 형식으로 보여 좋았습니다. 또 '100년이나 기다렸다, 옷 입는데 5시간이나 걸렸다, 쓰레기통이 1천만 개나 있었다.' 등과 같은 표현은 주인공만의 개성을 보여준다는 점에서 재미있었습니다. 끊임없이 반응하고 주절주절 이야기하는 듯한 문체는 주류나 대열보다 그것 밖에서 사는 것이 얼마나 고독하고 힘든 노릇인가를 보여 주는 것이라 마음이 아팠습니다. 편안하지도 않고 잠잘 수도 없이 끊임없이 움직이고 생각하며 판단해야 하는 게 안타깝기도 했고요. 주인공은 거대한 도시, 그 도시의 빌딩 숲 사이를 방황하며 걷고 있는데 제게는 그 모습 자체가 파수꾼처럼 보이기도 했습니다."

몇 차례 이야기가 더 오고 가자 나리는 콜필드와 같은 성향을 가진 사람들이 지금, 이 공간에도 틀림없이 있을 것이다, 그리고 그는 분명 순수함과 고독을 지닌 내면의 속삭임에 귀를 기울이는 사람일 것이다, 하지만 주인공이 갖고 있는 세상에 대한 거부나 사람에 대한 편견에 대한 인식은 각자의 판단에 맡길 수밖에 없겠노라, 고 아퀴를 지으며 토론을 마치겠다고 했다.

정현희 선생은 촌평에서 자신 역시 읽기 아주 어려운 책이 었다고 말문을 연 다음 이 소설은 읽는 이에게 많은 것을 깨우치거나 올바른 방향을 제시해 주는 작품은 아니다, 타락한 세상에 실망하고 순수한 세계를 꿈꾸지만 용기 있게 세상을 바꾸려고는 하지 않는 소극적인 젊은이들을 그릴 뿐이다, 그럼에도 불구하고 이 책이 의미 있는 것은 순수한 영혼으로 세상에 적응하지 못한 채 방황하는 사람들이 지금도 우리 주위에 너무도 많다는 걸, 그리하여 그들을 있는 그대로 인정하자는 메시지를 담고 있다고 보기 때문이다, 라고 말했다.

이 새벽, 필남은 혼자 기차를 타고 호텔과 술집을 거쳐 공원까지 달리는 콜필드를 다시 한 번 떠올렸다. 그 모습은 시대와 장소가 달라서 그렇지 『모두 아름다운 아이들』의 선재와 똑같아 보였다. 호밀밭을 지키는 파수꾼이 되고자 하는 주인공의 열망은 '거센 비바람 속으로 나가서 파도가 으르렁대는 해변을 지치도록 달리는' 선재의 의지와 맥이 통했다. 그건 또 데미안이 싱클레어에게 했던 주문을 다른 형식으로 풀어낸 것일 수도 있었다. 서로 다른 각도에서 시작했지만 나리와 필남이 결국 같은 고민을 안고 있었던 것처럼 동서양의 여러 작가들 역시 비슷한 주제를 말하고 있는 것 같았다. 그렇다면 그건 삶을 살아가는 근본 원리나 기본 자세에 해당될 터였다. 필남은 새벽마다 침대 위에 가만히 누워 주인공들을 불러 내고 위대한 작가들의 음성에 귀를 기울였다.

 십일월

이해한다고 해서 가슴에 맺힌 응어리가 풀리는 것은

"다 걷혔니?"

"16기 것은 모두 걷혔고, 우리 기수에서는 현지와 정은이가
아직……."

"아이 참, 걔들은 정말 왜 그런다니?"

나리가 갑자기 벼락같이 화를 내는 바람에 돈을 건네던 필
남의 손이 멈칫거렸다. 그 동안 추진하는 일마다 브레이크가
걸리니 나리로서도 어지간히 속이 상했을 터였다. 그래도 잘
참는다 싶었는데 마음에 쟁여진 화가 순간적으로 터진 것 같았
다. 그래 놓고 대번 후회하는 낯빛을 보이는 나리를 보며 필남
은 일부러 더 큰소리를 냈다.

"돈 5,000원이 없어서 안 냈겠어? 사사건건 회장 너, 골탕 먹어 봐라 이거겠지. 회의할 때부터 어쩐지 삐딱했어. 작년에도 했던 일이고, 내년이면 저도 받아 먹을 텐데 말이야."

그러자 나리는 필남의 손을 끌며 흔들리는 목소리로 말했다.

"민망하게 너까지 왜 그러니. 됐다, 그만 하자. 내가 일단 두 사람 거 넣을게. 네게 화낸 거 아니란 거 알지? 미안해."

"괜찮아, 우리끼린데 욕 좀 하면 어때? 회장이라고 좋은 말만 하려고 애쓰지 마라, 그거 다 네가 말한 모범생 콤플렉스다."

나리는 그때에야 야, 진짜 줄 알았잖아, 라며 표정을 풀었다.

할인매장에는 흔히 '수능'이라고 부르는 대입고사를 잘 치르도록 기원하는 각종 상품들이 매장 하나를 온전히 차지하고 있었다. 찹쌀떡이나 엿은 기본이고 정답을 잘 찍으라는 포크와 잘 담으라는 바가지, 기원 양초나 보약 포장지까지 온갖 기발한 상품들이 다 모여 있었다. 거의 대부분 시험과는 얼토당토 않는 물건이겠지만 12년 공부의 좋은 결실을 바라는 간절한 소망과 격려로 이해할 수 있었다. 나리와 필남은 14기 선배들을 위해 예쁘게 포장된 초콜릿 세트를 카트에 넣었다. 그러고도 나리는 양초와 사탕 세트를 하나 더 집어 들었다. 재혁을 위한 것이리라. 필남은 나리의 얼굴에 긴장하는 빛이 스치는 걸 놓치지 않았다. 누구보다 사진을 잘 찍는다고 생각했던 재혁이었지만 1학기 수시 모집에 그만 실패하고 말았다. 그 동안 실기만 생각하고 내신 성적 관리를 제대로 못 했기 때문이었다. 이제 수능을 치른 다음 실기 고사 비율이 높은 대학으로 지원할 거라고 했는데 그것도 걱정이라고 했다. 서울에는 엄청난 레슨비를 뿌리며 전문가의 개인 지도를 받는 애들이 많다는 소문을 들어서였다.

필남은 찹쌀떡 세트를 하나 집었다가 다시 하나를 더 챙겼다.

"네 남친에게 선물한다고 날 질투하진 않겠지?"

필남의 농담에 나리의 얼굴이 환해지더니 눈짓으로 다른 하나를 가리켰다.

"희남 언니가 갑자기 생각나서 말이야. 몰라, 주게 될지는."

"잘 생각했다. 망설이지 말고 꼭 주라, 응? 좋아할 거야."

필남은 어쩐지 어색하고 무안해 나리의 말을 못 들은 척 카운터 쪽으로 카트를 밀었다.

✲

본 수업은 2교시까지만 하고 청소와 시험장 정리를 했다. 필남이네 교실도 수능 고사실이라 32개의 책걸상만 남기고 나머지는 창고로 내려 보냈다. 국기와 교훈, 급훈을 뒤집고 뒤쪽 게시판도 하얀 종이로 덮었다. 칠판에는 고사 시 유의 사항과 시간표가 적힌 유인물을 걸고, 책상마다 수험번호와 이름이 인쇄된 스티커를 붙이는 것으로 정리를 끝냈다. 수험생은 아침 8시에 입실하여 오후 5시 10분까지, 제2외국어를 치른다면 6시 20분까지 꼬박 앉아서 그 동안 쌓아 왔던 모든 실력을 짜내야 한다. 필남은 스티커의 낯선 이름을 손끝으로 쓰다듬었다. 무거운 가방을 늘이고 터벅터벅 걷는 민국의 뒷모습을 볼 때처럼 마음이 짠했다. 누군지 모르지만 좋은 컨디션으로 만족할 만한 결과를 거두길 진심으로 바랐다.

"아 참, 재혁이 고맙다고 전해 달래. 시험 끝내면 한턱 쏜다고 그러더라. 근데 걔는 수능 이후가 더 바쁠 거 같아. 실기 학원에 다녀야 하니까."

좋은 성적을 거두라는 각종 격문이 나부끼는 교문을 나서며 나리가 말했다. 벌써 시험장을 보러 오는 사람들도 있었다. 다른 학교 교복을 입었거나 사복을 걸쳤는데도 불구하고 경직된 그들의 얼굴이 낯설지 않았다. 필남은 애잔한 마음으로 맞은편에서 걸어오는 수험생들을 바라보았다.

"이렇게 일찍 마쳤는데도 어째 좋은 것만은 아니네. 내일만

지나면 우리가 '고3'이야."

"그래."

"고3은 인간이 아니라는데 정말 그럴까? 너, 공부만 하는 기계, 자신 있어?"

"나야 못 하지, 취미도 없고. 하루 아침에 고3이라고 뭐가 바뀔까, 지 성질대로 사는 거지, 뭐."

"흠, 들꽃학습원에 가고, 어디든 어슬렁어슬렁 걸어 다니고, 컵에 고구마순 키우고, 코스모스도 심으면서 말이야."

"3학년 된다고 배신 땡기면 안 되겠지?"

"그럼, 너는 꽃 안 보고 못 살잖아. 너 키우는 영양제니까. 그뿐이니? 애인도 되고 스승도 되는 거 아니었어? 어디 갈까? 오늘은 시간이 기니 들꽃학습원보다 서출지 어때?"

"나리 너, 내 마음을 어떻게 그렇게 잘 알고, 지금 막 얘기하려던 참이었는데."

"김필남이 친구로서 이 정도야 기본이지. 건너자, 반대편에서 타야지?"

"곧장 가는 건 없을 거고 '모화'에서 내려 경주 방면의 차를 갈아타면 될 거야."

나리의 생일에 저녁을 먹었던 레스토랑이 보이자 필남과 나리는 버스에서 내렸다. 길을 건너니 여름에 보았던 그 은행나무가 줄느런히 늘어서 보기에도 시원하고 아름다웠다. 가로수 길가의 부용꽃은 지고, 노랗게 옷을 갈아 입은 은행잎이 하르르 날리고 있었다. 자동차가 지나가자 땅바닥에 깔려 있던 잎들이 우르르 몸을 일으켜 나풀나풀 나비처럼 일제히 날았다.

"야, 멋있다!"

나리의 말을 필남이 받았다.

"그렇지? 저 끝까지 언제 걸어가나 싶었는데 좋은 것도 보게 되네."

"차 탄 사람은 못 봤을 거야. 걷는 게 나쁜 것만은 아니다, 그지?"

"그렇다 그러더라, 아무리 큰 슬픔이거나 고통스러운 일이라도 전적으로 나쁜 것만은 아니라고 말이야. 그 안에서도 뭔가 깨닫는 게 있고 생각되어지는 게 있다는 거야."

"우리의 고3도 그럴까?"

"에구, 결국 이야기가 그렇게 돌아가나?"

"할 수 없지, 뭐. 피해 갈 수 없는 일이니. 필남아, 요즘도 새벽이면 잠에서 깨니?"

"……"

"나는 전에처럼 그렇게 막무가내로 공부가 될 거 같진 않아. 재미도 없고 성취욕도 안 생겨."

"답이 없기는 나도 매한가지."

갑자기 분위기가 우울해지자 논과 나무에 가득한 황금빛 햇살이나 신선한 공기도 어쩐지 시들해 보였다. 대화도 끊겨 버렸다. 필남과 나리는 은행잎을 손 가득 퍼 담아 공중에 날리거나 발끝으로 툭툭 차면서 마냥 걷기만 했다.

서출지도 완전히 달라져 있었다. 꽃은 자취도 없이 사라지고, 갈색으로 짜부라진 잎과 줄기만이 듬성듬성 꽂혀 있었다. 꺾이고 부러진 잎과 줄기가 물 속에 완전히 잠긴 것도 있었다. 할머니의 쪼그라진 손처럼 굵은 잎맥만 남은 연잎도 보였다. 잎이 짜부라진 틈으로 모습을 드러낸 암녹색 물 위로 배롱나무의 붉은 잎이 종이배처럼 떠다녔다. 낡은 누각과 하늘도 물 속에서 고요히 흔들리고 있어 아름답긴 했으나 늙은 손 같은 연잎 때문에 스산하고 쓸쓸한 느낌을 지울 수 없었다.

＊

『외딴방』에는 현재의 '나'와 과거의 '나'가 동시에 존재한다. 소설가인 현재의 나는 열여섯 살의 나와 주위 사람들, 그 시대를 적고 싶어한다. 그러나 상처와 연민 때문에 쉽사리 과거 속으로 들어가지 못하고 현재에서 서성거린다. 그러다 결국에는 삼십대 소설가의 삶과 십대 여공의 삶을 모두 자신의 글 속에 포함시켜 '지나간 시간은 현재형'으로, '지금의 시간은 과거형으로' 서술한다. 작가는 이러한 의식의 흐름과 문체의 결정까지 다 글 속에 포함시키고 있어 이 글은 소설을 읽는 재미와 함께 작가가 자신의 경험을 어떻게 들여다보며 어떤 방식으로 풀어내는가를 엿볼 수 있다. 필남은 '지금의 시간'을 살고 있는 '나'의 글쓰기에 대한 여러 진술들이 가슴에 와 닿아 베낌 공책에다 옮겨 적었다.

글쓰기. 내가 이토록 글쓰기에 마음을 매고 있는 것은, 이것으로만이, 나, 라는 존재가 아무것도 아니라는 소외에서 벗어날 수 있다고 생각하기 때문은 아닌지.

글쓰기란, 그런 것인가. 글을 쓰고 있는 이상 어느 시간도 지난 시간이 아닌 것인가. 떠나온 길이 폭포라도 다시 지느러미를 찢기며 그 폭포를 거슬러 돌아오는 연어처럼, 아픈 시간 속을 현재형으로 역류해 흘러들 수밖에 없는 운명이, 쓰는 자에겐 맡겨진 것인가……

……글쓰기는 결국 뒤돌아보기가 아닌가. 적어도 문학 속에

서는 지금 이 순간 이전의 모든 기억들은 성찰의 대상이 되는
거 아닌가. 오늘 속에 흐르는 어제 캐내기 아닌가.

"나는 글쓰는 것 이외의 다른 일은 아무래도 괜찮다구, 지금
도 하나도 안 부끄러워. 아무렇지도 않아!"

구성을 다 짜놓고 쓰진 않는다. 메모하는 습관도 없다. 뭐라
고 메모를 해놓으면 사유가 유동성을 잃고 그 메모 상태에서
더 이상 진전되지 않았다. 내 잠재의식이나 무의식 속으로 순간
적으로 뛰어드는 것들이 문장을 만들어낼 때가 많다. 때로 그것
들은 폭발적이어서 앞문장을 따라가다가 슬몃 일어나버릴 때가
있다. 그래서 글을 마칠 때까지는 어떤 글이 될지 나도 모를 때
조차 있다.

필남은 옮겨 적은 대목들을 거듭 읽었다. 이 글의 주된 이야
기는 유신 말기에 노동자로 일하면서 '산업체특별학급'에 다
니던 십대 후반의 '나'의 경험이겠지만 필남에게는 '지금의
나'가 어쩐지 더 매혹적이었다. 체험을 글쓰기로 재구성하는
방식이며 글을 쓰는 습관, 작가의 일상생활 등을 오롯이 느낄
수 있기 때문이었다. 필남은 소설 속의 '외사촌' 처럼 '그런 사

람들은 다르게 태어나는 것'이라고 생각했는데 '다르게 태어나는 것이 아니라, 다르게 생각하는 거'라고 말하고 있어 고맙기조차 했다.

*

현지가 입원했다! 대출 당번을 하러 온 1학년이 묻는 바람에 알게 되었다. 나리와 필남은 정은을 만나 현지가 맹장 수술을 했다는 얘기를 들었다. 정현희 선생이 퇴근길에 동행하지 않겠냐고 물어왔다. 나리의 얼굴이 하도 굳어 있어 필남은 옆구리를 찔러 대답을 재촉해야만 했다.

나리는 문병이 부담스러운지 오후 내내 말이 없었다. 하지만 필남은 정현희 선생과의 동행을 생각하면서 맘이 설렜다. 오고 가는 길에 적당히 눈치를 봐서 혼자만의 공책을 보여 드리고 싶다고 말해야지. 그분이라면 그 동안 열심히 읽고 각별하게 정리한 걸 성의껏 봐 주실 거야. 전체 발표회 때 다루어지지 않았으나 나름대로 좋아 보였던 『호밀밭의 파수꾼』과 『모두 아름다운 아이들』의 문장들도 이야기하고 싶어. 잘못 읽은 부분을 지적 받은 다음 다시 읽어야지……. 이런 생각만으로도 필남의 오후는 풍성했다.

약속 시간. 필남은 마음이 급한데 나리는 책을 집어넣는다, 화장실에 다녀온다 해서 한껏 늑장을 부렸다. 주차장으로 나가니 정현희 선생의 차가 시동이 걸린 채로 대기해 있었다. 조수석에는 이미 정은이 앉아 있었다.

룸미러로 정현희 선생의 얼굴이 보였다. 이마가 넓고 콧대가 높은 미인형이다. 약간 도드라져 보이는 광대뼈조차 필남에게는 매력적으로 여겨진다. 봄에는 원피스가 잘 어울려 보였는데 지금 보니 바지 정장도 지적이고 세련되어 보인다. 나리 때문에 노란색을 좋아했던 필남은 정현희 선생이 즐겨 입는 옷색깔인 검은색에도 점점 매혹되고 있었다.

필남은 손수건을 꺼내 안경을 닦기 시작했다. 안경을 벗으니 창 밖의 건물이나 사람이 흐릿하게 뭉뚱그려져 보였다. 필남은 문득 흐릿하게 뭉쳐 있는 마음을 읽을 수 있는 안경도 있으면 좋겠다는 생각을 했다. 그러면 가슴에 쟁여진 덩어리가 무슨 말을 하는지 알 수 있어 덜 답답할 것 같았다. 안경을 끼자 풍경은 이내 제자리를 잡아 선명해졌다.

"필남이, 눈이 굉장히 예쁘네. 그런 걸 여태 두꺼운 렌즈 속에 감춰 두고 있었구나."

룸미러로 보고 있었는지 정현희 선생이 말했다.

"선생님, 그렇죠? 얇으리한 쌍꺼풀과 긴 속눈썹이 얼마나 매력적인지 몰라요. 그런데 제가 아무리 말해도 놀리는 걸로만 생각한다니까요. 튀어나왔다나 어쨌다나. 필남아, 한번 벗어 봐."

나리가 안경에 손을 대려고 하는 바람에 필남은 손사래를 치며 고개를 돌릴 수밖에 없었다. 초등 학교 다닐 적, 싸움이 벌어질 때마다 붕어눈깔이라는 소리를 많이 들어 그런 줄로만 알았고, 안경을 낀 뒤로는 쌍꺼풀이 몇 겹이나 생겨 거울을 볼 때마다 이상해서 얼른 안경을 다시 꼈었다. 나리가 어쩌다가 그런 말을 해도 그냥 하는 소리라고만 생각했는데 정현희 선생이 칭찬을 해 주다니, 필남은 대번 낯이 붉어지고 말았지만 기분은 아주 좋았다.

병원이 왜 그리 복잡하고, 사람들은 또 어떻게나 많은지 필남은 로비에서부터 어리둥절했다. 일행의 뒤만 쪼르르 따라다니면 되는 게 다행이었다. 정현희 선생은 매점에서 음료수를 사서 나리에게 들게 하고, 엘리베이터 앞에 섰다. 한참을 기다린 끝에 겨우 엘리베이터 문이 열렸는데 뜻밖에 거기서 정남 언니가 내렸다. 정남 언니가 근무하는 병원인 것조차 몰랐던 필남은 당황하여 뭐라 말도 못 하고 섰는데, 정말 놀랍게도, 정현희 선생이 정남 언니와 반갑게 인사를 나누었다. 필남은 눈이 휘둥그레질 수밖에 없었다.

"우리가 동아리 선후배 사이인 걸 몰랐어?"

긴 병실 복도를 뒤처져 걸으며 정현희 선생이 물었을 때 필남은 부끄러워서 고개만 끄덕이고 말았다.

"그래? 정남이는 네가 입학하기 전부터 네 얘기를 했었어. 밥까지 사 주면서 말이야. 너도 글 솜씨가 있지만 정남이도 시를 참 잘 썼지. 계속했으면 좋은 시인이 될 수 있었을 거야. 간호학과가 적성에 맞지 않는다고 입버릇처럼 말했는데 그래도 직장생활은 잘하는 것 같아."

필남은 뭐라 대꾸도 못 하고 자꾸만 붉어지는 얼굴로 바닥만 바라보았다. 현지의 병실이 나타날 때까지의 그 짧은 시간이, 콜필드 식으로 말하자면, 마치 다섯 시간쯤 되는 것 같았다.

병실 문을 열자 누웠거나 서 있는 사람들의 눈이 한꺼번에 쏠렸다. 좁은 병실에 가뜩이나 침대가 여섯 개나 들어차 있고, 똑같은 환자복을 입고 있어서 현지는 얼른 눈에 뜨이지 않았다. 제일 안쪽 침대 옆에서 허술한 옷차림을 한 아주머니가 일어서서 목례를 하자 정현희 선생이 그쪽으로 걸음을 옮겼다.

현지는 링거를 꽂은 채 잠들어 있었다. 무엇이든 야무지게 처리하고 매몰차게 몰아붙이던 모습은 사라지고 없었다. 사람의 얼굴이 하루 만에 이렇게 망가질 수 있을까 싶을 정도로 해쓱하고 초췌해 보일 뿐이었다. 강단지게 보였던 몸도 환자복

안에서는 무력하게만 보였다.

필남은 현지 어머니를 보고도 많이 놀랐다. 현지가 했던 이야기 속의 어머니와 너무 달랐기 때문이었다. 주근깨가 빽빽한 얼굴이며 핏줄이 불거진 손은 아무리 봐도 부잣집 마나님이 아니었다. 오히려 진종일 식당에서 일하는 진주댁보다도 더 초라해 보였다. 병원으로 실려 오던 중에 맹장이 터져 수술이 너무 힘들었다고 말하는 투도 어찌나 겸손한지 도저히 현지의 가족으로 믿어지지 않았다.

침대 옆에 머문 시간이 짧기도 했지만 현지는 끝내 눈을 뜨지 않았다. 침대보를 여미던 정현희 선생은 현지의 손을 잡았다가 놓고는 돌아가자고 했다.

병실 밖에까지 따라 나온 현지 어머니가 저만치서 정현희 선생과 얘기하고 있는 동안 필남은 나리와 나란히 서서 창 밖 풍경에 무심한 눈길을 던졌다. 구불구불한 강과 아치형의 다리가 한눈에 들어왔다. 필남은 싸늘하기만 하던 정남 언니가 저를 부탁했다는 게, 더더군다나 시를 아주 잘 썼다는 게 믿어지지 않았다. 혼란스럽기도 했다. 그 순간, 강물 위로 뭔가 반짝거렸다. 필남은 나리도 보았나 싶어 옆을 바라보았다. 그런데 나리의 표정 또한 너무 굳어 있어, 잠시 솟았던 게 물고기가 맞느냐고 물어 보지 못하고 필남도 강만 내려다보았다.

＊

　다음 날 야간 자율학습을 마친 시각, 필남은 여느 때처럼 나리와 같이 교실을 나왔다. 막 교문 통을 빠지려는 순간 나리가 대뜸, 이야기 좀 하자면서 방향을 틀어 뚜벅뚜벅 걸어갔다. 필남은 영문도 모르는 채 나리의 뒤를 따라 스탠드 끝자리에 앉았다. 어둑해서 그런지 운동장이 유달리 넓어 보였다. 하기 힘든 말인지 나리는 한참 만에 입을 열었다.

　"어제 내가 제일 끝 코스였잖아. 정현희 샘이 우리 집에 올라오셔서 차 한 잔 하셨거든. 그 때 들은 거야. 음, 내가 이런 말을 하는 게 어떨지 모르겠는데……."

　"뭔 말인데 이렇게 뜸을 다 들여?"

　필남은 현지 이야기가 아닐까 하고 얼핏 짐작했으나 짐짓 시침을 떼고 천연스레 되물었다.

　"현지 집안 사정이 어렵대. 어머니가 빌딩 청소를 그만둘 수도 없고, 동생은 초등 학교 1학년이니 현지를 간호할 사람도 없어. 가까운 친척도 없나 보더라."

　"그래서? 그게 너와 무슨 상관이야."

　"왜 그렇게 짜증부터 내니? 나도 이런 얘기 하는 게 싫어."

　"그럼 하지 마."

필남의 단호한 말에 나리가 주춤거렸다. 하지만 나리는 단단히 작정을 했는지 필남의 말에 아랑곳하지 않은 채 다시 말을 이었다.

"작년에 잘 지내던 현지가 올해 삐딱해진 것도 어제사 이해가 되었어. 회장이면 장학금이 백 이십만 원이니까 그게 아쉬웠던 거야. 자존심이 있으니 없는 티를 내지도 못했던 거고."

"그래서? 어쩌겠다고?"

"너, 정말 왜 이래? 난들 편한 마음으로 얘기하는 거 아니야."

"너야말로 왜 이러니? 그 동안 현지가 네게 한 짓들을 벌써 잊었어? 배알도 없어?"

"그럼 어쩌니? 사정을 알고 어떻게 가만히 있니? 정현희 샘도 어제 현지 어머니에게 듣고야 아셨는데, 아버지 사업이 부도나면서 집안이 풍비박산났대. 나도 초등 학교 다닐 때 그 집에 놀러간 적 있었거든. 난 그때만 생각하고 지금껏 잘 사는 줄로만 알았지."

"옳아, 그러니 나리 네가 천사가 되겠다고? 불우 친구를 도웁시다, 모금이라도 할 참이야? 범생이 콤플렉스에 이제 천사 콤플렉스까지……."

"너, 정말 계속 이죽거릴래? 난들 뭐 좋아서 이러니? 그래,

현지가 그렇게 산다니까 통쾌했어. 복잡한 병실 구석에 쪼그려 누운 것도, 현지 엄마의 빈티 나는 옷도 마음에 들더라. 날 그렇게 볶더니 잘코사니다 싶었어."

"그러면 됐네. 얘기 그만 해."

필남은 일어서서 엉덩이를 털었다. 가방을 둘러메며 가자는 신호를 보냈으나 나리는 꼼짝하지 않았다. 알 수 없는 울화가 치밀어 확 돌아서려던 필남은, 그러나 다시 나리 옆에 앉았다. 나리를 거역할 수 있는 힘이 필남에게는 없었으니까.

"내가 받았던 장학금을 내놓을까 해. 아빠에게 전화로 자초지종을 말씀드렸더니 통장을 주시겠대."

"너, 정말?"

"그래, 천사 콤플렉스라고 해도 좋아. 돕고 싶어. 어쩌면 이건 내 안의 악마가 불어넣는 마음인지도 몰라. 현지 기운 꺾는 거, 굽히고 들어오는 거, 그걸 내가 원하는 지도 몰라. 그런데 한편으로는 말이야, 진심으로 옛날처럼 친하게 지내고 싶기도 해. 그 동안 겪어 보니 남을 미워하면서 사는 것도 너무 힘들더라. 이중적인 심리라고 해도 할 수 없는데, 어쨌든 그래."

"모르겠다. 난들 뭐……. 회장인 네가 그런다면 협조해야겠지. 하지만 내게 마음까지 강요하지는 마라. 그건 싫어."

"사실은 나도 그래. 위급한 누군가 내미는 손을 그냥 지나칠 수 없다라고만 생각할래. 감정이 복잡해지는 건 나도 싫어."

"우리가 뭘 해야 하는데?"

"그건 모여서 의논하면 될 거 같아. 다른 애들 생각도 중요하니까. 정현희 샘께도 말씀드리고."

사람의 마음이 두부를 자르는 것처럼 분명하고 깔끔했으면 좋으련만, 터벅터벅 걷는 필남의 마음은 여러 갈래로 무성했다. 무엇이든 결단성 있게 일을 추진하는 나리도 이번 일만큼은 여러 상반된 감정을 갖게 될 것이다. 누군가를 용서하거나 이해한다고 해서 그 동안 맺힌 가슴의 응어리가 홀홀 풀리는 것은 아닌가 보았다. 필남이 언니들에게서 느끼는 버성김처럼 오래도록 마음을 묵직하게 괴롭힐 것 같았다.

＊

과연 '백련'은 대단한 저력을 가진 동아리였다. 제각각 마음에 품은 생각은 모를 일이었지만 적어도 겉으로 볼 때는 그랬다. 15기는 단순히 나리의 의견을 좇는데 그치지 않았다. 입원비에 보탤 수 있는 돈을 성의껏 모으고, 현지 동생을 위한 옷과 책을 사서 현지 모르게 어머니에게 전달했다. 정현희 선생은 각 담임에게 협조를 구해 당번이 야간 자율학습에 빠질 수 있도록 해 주었다. 당번은 집에서 준비해 온 죽이나 밥을 나르고 수업 이후의 시간을 병원에서 보냈다. 현지와 같은 반인 정은은 수업 시간에 필기한 노트를 챙겨 가서 그 동안 배운 내용을 전해 주었다. 첫 번째 당번을 맡은 날, 나리는 한 시간이나 늦게 병원에 도착했다. 시간을 깜박했다는 나리의 말은, 물론 거짓말이었을 것이다. 필남은 나리와 현지의 어색한 만남을 보는 게 불편하고 어쩐지 속이 상해 병원 앞에서 걸음을 돌려 버렸다. 필남에게는 현지 몫이었던 『외딴방』의 주제 발표가 주어졌다. 나리에 비하면, 현지와 얼굴을 맞대지 않아서 다행스러운 일이었다.

병원에서의 날들이 그렇게 흘러갔다. 어느 한 명이 주도적으로 일을 진행시킨 것도 아니고, 어느 한 명도 삐딱선을 타지 않았다. 마치 오랜 시간 동안 해 온 일처럼 모든 게 자연스럽고 조용하게 흘러갔다. 정현희 선생은 백련이 보여 준 단합된 힘과 우정에 칭찬을 아끼지 않았다. 나리와 필남, 그리고 현지의 내면에 흐르고 있을 복잡한 심경은 일부러라도 묻어 두려고 하는 것 같았다.

나리가 장학금을 양보한 건 정현희 선생과 필남만 알고 있었다. 나리는 특히 현지가 모르도록 해 달라고 했고, 정현희 선생은 그렇게 하겠다고 했다.

열흘 만에 현지가 붉은 시클라멘 화분을 하나 안고 학교로 돌아왔다. 필남은 햇볕 잘 드는 창가에 꽃을 두고 물을 주었다. 현지는 언제 아팠느냐는 듯이 첫날부터 대출 장부를 정리하고 후배들을 챙겼다. 행여 기운 빠진 모습을 보이면 어떡하나 걱정했던 필남은 똑부러지면서 약간은 도도하게 구는 모습을 보며 현지답다고 생각했다. 한편에서는 그런 현지가 여전히 얄밉기도 했다. 필남은 가끔씩 나리를 흘끗거렸다. 나리의 마음도 요랬다조랬다 변덕을 부리고 있을까 생각하면서.

＊

필남이 『외딴방』을 처음 읽을 때는 과거의 '나'보다 지금의 '나'에게 많이 당겼다. 필남이 살지 않았던 지난 시절의 체험보다는 글쓰기의 과정과 고통, 역할과 가치가 훨씬 가깝게 여겨졌기 때문이었다. 하지만 주제 발표의 초점은 달라야 할 것 같았다. 성장이라는 전체 주제도 염두에 두지 않을 수 없으니 과거의 '나'를 중심으로 살피는 것이 온당하게 여겨졌다. 필남은 화자의 나이를 기점으로 나누어진 네 개의 장을 순서대로 읽으며 삼십 몇 년 전의 과거로 들어갔다.

1장에서 '나'는 열여섯이다. 형제가 많아 중학교를 졸업하고 서울에 있는 큰오빠가 불러 주길 기다리며, 나는 내 발바닥을 쇠스랑으로 찍어버린다. 그 순간 '생은 독한 상처로 이루어진다.'는 걸 어렴풋이 느끼며 이어 '독함을 끌어안고 살아가기 위해서는 무엇인가 순결한 한 가지를 마음에 두지 않으면 안 되겠다.'고 다짐한다.

　나와 외사촌은 상경하여 직업훈련원으로 들어간다. 훈련과정을 수료한 다음, 동남전기주식회사에 입사하면서 방을 얻어 큰오빠와 같이 살게 된다. 스테레오과의 생산부 라인에 근무하는 나는 회사의 부당 행위에 항의하는 유채옥과 미스 리의 권고에 따라 노조에 가입한다. 유채옥은 해고되지만 노조 결성식은 열리고 노조 사무실이 생긴다.

　어느 날, 산업체특별학급 학생을 뽑는다는 공고를 보고 나와 외사촌은 시험을 치른다. 하지만 학교에 다니기 위해서 잔업거부에 동참하지 못하고 노조도 탈퇴하게 된다.

　2장은 1979년, 나는 열일곱이다. 여전히 생산부 라인에 있으면서 오후 5시면 영등포여고 1학년 4반으로 등교한다. 셋째 오빠까지 올라와 외딴방은 비좁기 그지없지만 나와 외사촌이 알뜰하게 살림을 하고, 방위병인 큰오빠가 새벽부터 외국어학원 강사로 뛰어 생활비를 번다. 나는 1층에 세 들어 사는 희재 언니를 만나 이내 이끌린다.

책상을 같이 쓰는 주간 학생의 의심을 받은 나는 학교를 가지 않는다. 담임인 최홍이 선생님이 가정방문을 오고, 다음 날 나는 학교에 나간다. 노트 한 장의 삼분의 일이나 되는 반성문을 본 선생님은 나에게 소설을 써 보라며 『난장이가 쏘아올린 작은 공』을 건넨다. 나는 틈나는 대로 소설을 필사하며 작가를 꿈꾼다.

3장은 1980년, 열여덟의 나는 2학년으로 진급했으며, 큰오빠는 사귀던 여자와 헤어지고, 데모꾼인 셋째 오빠는 고문을 당해 집에 드러눕는다. 희재 언니는 학교를 그만두고 밤에서 새벽까지 진희의상실에서 일한다. 외사촌 역시 학교를 그만두고 큰오빠가 소개한 동사무소에서 일하게 된다. 시골에 간 나는 그동안 창에게 보냈던 편지를 아버지가 막고 있었다는 걸 알게 되고 '광주'를 겪은 창을 만난다.

어쩌다가 윤순임의 돈을 훔치게 된 나는 괴로움으로 회사를 나가지 못하고 있는데 윤순임이 찾아와 마음의 짐을 내려놓게 해 준다. 외사촌이 동생을 불러들이기 위해 이사를 나가게 되자 나와 희재 언니는 옥상에서 송별회를 마련한다.

4장의 나는 열아홉, 주말을 이용해 경주로 수학여행을 다녀왔지만 별 재미가 없다. 희재 언니는 동거에 들어가고, 나는 옥상에서 그녀와 남자가 같이 있는 걸 자주 보게 된다. 대학에 가고 싶은 열망을 눈치 챈 큰오빠와 희재 언니의 도움으로 입시 공부를 하던 중 큰오빠는 충무로 발령난다.

희재 언니는 떠나버린 그 남자가 아끼던 닭을 죽이고, 어느 아침 나에게 밖에서 문을 잠가달라고 부탁한다. 시골로 내려가는 길인데 깜박하고 그냥 나왔다며. 며칠 뒤 희재 언니의 죽음을 보고, 나는 외딴방을 나와 버린다. 그후 나는 대학에 입학하게 된다

줄거리를 다시 읽어 보니 〈길버트 그레이프〉나 『모두 아름다운 아이들』, 『호밀밭의 파수꾼』을 정리한 것과 마찬가지로 시시하기 짝이 없다. 소설을 읽을 때의 섬세한 감정의 소용돌이며 가슴을 치는 아름다운 표현들은 모두 체 아래로 빠져버리고 쓸모없는 찌꺼기만 남아 있는 것 같다. 소설은 드라마틱한 스토리 전개보다 문체나 서술 기법 같은 게 더 중요하다는 뜻인가 보다.

필남은 발표를 염두에 두고 다시 한 번 생각을 정리해 보았다. 차라리 도표로 정리해서 과거의 나와 지금의 나를 동시에 드러내면 어떨까 싶었다. 그러면 과거의 이야기를 전하는 동시에 희재 언니의 죽음이, 그때부터 지금까지, 작가의 의식에 매 순간 개입하는 것을 보여 줄 수 있을 것 같았다. 그리고 애써

외면하고 싶었던 나의 과거와 가련하게 죽어간 희재 언니를 한 마리 새로 날려 보내는 결말을 제대로 전달할 수도 있겠다 싶었다. 그러니까 작가에게는 글쓰기가 자기 구원의 장치란 말인가? 자기 구원? 필남은 낙서처럼 끼적거리는 메모를 물끄러미 들여다보았다. 그랬구나, 결국 이 소설은 희재 언니로 인해 어떤 상황 혹은 어떤 관계에서 말이나 행동을 제대로 하지 못했던 작가가 자신의 내부를 엄밀히 들여다보며 과거와 희재 언니를 다시 살려내는데, 그게 다름 아닌 자기 구원이었구나. 아하, 소설 속 열여섯의 내가 말하는 '무엇인가 순결한 한 가지, 그걸 믿고 살아가겠다'는 게 글쓰기인 이유가 바로 그것이구나. 나를 정립하고, 나를 있게 하고, 끝내 나를 구원하는 글쓰기라는 거로구나……

필남은 다시 생각했다. 그렇긴 해도 발표회장을 찾는 학생들의 시선은 지금의 나보다 과거의 나로 향해 있지 않을까 하고. 지금의 나는 크게 두드러지는 사건이 있는 것도 아니고, 같은 고민만 계속 반복하고 있으니까 말이다. 그런 의미에서 본다면 이 소설은 간추린 줄거리처럼 우리 나라 육십 년대 말과 칠십 년대 초의 믿어지지 않은 가난과 노동 조합 결성과 활동, 산업체특별학급의 생활을 재현한 한 편의 드라마다. 그 중심에, 여성지에서 취재하려는 내용처럼, 어려운 환경에도 꿈을 간직하며 끝내 유명한 소설가가 되는 주인공이 있고, 제 걸음으로 최선을 다하며 사는 큰오빠와 외사촌, 미스 리나 윤순임이 있다. 아울러 정치상황 또한 넘치지 않게 제시하고 있어 한 시대를 총체적으로 이해할 수 있도록 한다.

하지만 필남은 어쩐지 마음이 불편하고, 믿어지지 않는 가난 속에 내몰린 그들이 부럽기조차 했다. 그것은 순간적인 느낌이었지만 필남으로 하여금 오래도록 생각에 잠기게 했다. 필남은 그때의 십대와 지금의 십대를 나란히 놓고 보았다. 지금이야 가난으로 공장에 내몰리는 사람도 없고, 시골집에 돈을 부치지도 않을 것이다. 연탄불 하나에 의지해서 좁은 방에 네 명씩 칼잠을 자거나 잔업거부나 노조 가입 때문에 해고당하지도 않을 것이다. 그러나 필남이 생각할 때 현재의 가난은 상대적인 것이다. 모두가 가난했던 예전에는 가난이 부끄럼으로 연결되지는 않았을 것이다. 하지만 상대적인 가난은 사람을 위축시키고 비뚤어지게 한다.

필남은 서로가 서로에 대해 헌신적인 가족의 모습이 부러웠다. 가난이 만든 것인지는 모르겠으나 소설 속의 가족들은 하나같이 서로에 대해 연민하며 책임감을 느낀다. 한 집에 있어도 서로 대화하지 않은 가정, 자기만 주장하고 고집하는 지금의 가정과는 달라도 한참 다르다.

더 부러운 것은 '외사촌도 나도 일찌감치 살아갈 목표를 정해놓았다'는 점이다. 필남도 그러하거니와 지금의 십대는 대체로 목표의식이 없다. 미래에 대한 꿈이나 희망 없이 그저 학교와 집을 오갈 뿐이다. 어느 선생은 현실이 너무 편해서 그렇다고 말했지만 지금의 십대가 그저 편안하게, 생각 없이 사는건 아니다. 가족이나 성적이나 친구관계에서 날마다 상처받고 상대적 빈곤감 속에 살고 있다. 소설 속 인물들은 그게 배부른 소리 아니냐고 할지 모르겠지만 그래도 할 수 없다. 지금을 사는 사람은 당신들이 아니라 우리들이라고 말할 수밖에 없을 것 같다.

이제 발표 내용이 정해졌다. 필남은 새 페이지를 넘겨 순서를 다시 매겨 보았다. 과거의 나와 현재의 나를 병치시키며 네 개의 장을 소개하기, 십 대의 경험은 줄거리 식으로 다시 정리하기, 그때의 십대와 지금의 십대를 비교하기…… . 마지막 내용에 토론거리가 많이 생기기를 바라며 필남은 공책을 덮었다.

## 십이월

겨울의 시작일 뿐인데 목련은 가지 끝마다 망울을 달고

필남은 벌써 며칠째 틈만 나면 도서실에 들러 이메일을 검색하고 있었다. 하지만 준태 오빠는 아직 수신 확인조차 하지 않았다. 어디로 간 건지, 무슨 일이 생겼는지 외가에 연락해 보고 싶었지만 뜬금없이 전화를 건다는 것도 민망했다.

십이월의 첫 주 HR 시간에 자리 배정이 다시 있었다. 필남은 맨 뒷줄을 뽑았지만 짝이 집었던 이 분단 첫째 줄과 바꿨다. 스스로도 무색해져 필남은 니가 웬일이냐는 짝의 눈길을 슬그머니 피해 버렸다.

과연 어색하기는 했다. 칠판이 눈앞에 떡 놓인 것이 익숙지 않고, 선생의 말소리가 크고 선명하게 들리는 것도 어색했다. 선생의 양말이 어느 정도 닳았는지 한눈에 보이고, 옷에 얼룩이 묻은 것조차 알게 되는 것도 이상하기 짝이 없었다. 공부가 잘 되는 게 아니라 더 산만해지는 것 같아 필남은 나리에게 괜히 투정을 부렸다. 나리는 슬몃슬몃 웃기만 할 뿐 지금에 와서 어쩌겠냐는 듯 빈손만 내밀었다.

하지만 며칠이 지나자, 나리의 말처럼, 선생의 말이 귀에 들어왔다. 뒷자리에 앉았을 때는 그냥 흘러가거나 뭉뚱그려 들리던 말이 체계 있는 설명으로 들렸다. 신기한 노릇이었다. 정말 꽝이라고 생각했었던 수학마저도 그 시간만큼은 이해할 만했다. 암기과목은 필기에 덧붙여 선생이 강조하는 내용에 별도 표시까지 하게 되었다. 간혹 선생의 침과 분필가루가 날아드는 것이 싫긴 했지만 공부가 되는 것과 견주어 보면 견딜 만했다.

기말고사가 열흘 앞으로 다가왔다. 뒤에 있을 때는 몰랐는데 앞자리에 앉고 보니 긴장감이 더 도는 것 같았다. 들어오는 선생마다 이제 너희들이 고3이라고 강조하는 것도 무시할 수 없었다. 필남은 맞지 않은 옷을 입고 어울리지 않은 장소에 나타난 것처럼 어색해하면서도 한편으로는 서서히 그런 분위기에 빠져들었다. 담임이 고개를 갸웃거리는 것이나 수학 선생이 이름을 불러 주는 것도 싫지 않았다.

『외딴방』이후의 변화였다. 『외딴방』의 발표를 마친 다음날 새벽, 가슴 속의 덩어리가 하는 말이 들리는 것 같았다. 남의 글을 교정하는 것보다 나만의 글을 쓰자는 마음 속의 외침을 필남은 놓치지 않았다. 소설을 읽은 일시적인 현상인지는 모르겠으나 오래 전부터 찾고자 했던 자신만의 길을 이제사 발견한 기분이었다. 『외딴방』의 주인공처럼 소설을 쓸 수도 있고, 다른 종류의 글로 방향을 잡을 수도 있을 것이다. 그 동안 영화나 책을 읽고 난 뒤, 빈 공책을 채워 나갈 때 느꼈던 발견과 해석의 기쁨을 생각하면 남의 작품을 분석하는 사람이 되는 것도 좋을 것 같았다. 어떤 종류의 글이 맞는지는 아직 결정할 수는 없겠지만 필남은 글에 인생을 걸자는 생각을 하고 인터넷 검색창을 열심히 클릭했다. 작가의 길은 '국어국문학과'보다 '문예창작학과'가 더 적합해 보였다. 시나 소설, 평론 같은 순수문학에서 시나리오와 게임 스토리에 이르기까지 다양하게 진출할 수 있다고 설명하고 있기 때문이었다. 그런데 필남이 집에서 다닐 수 있는 대학교에는 학과가 개설되어 있지 않았다. 서울에 있는 대학들은, 집에서 보내 줄 리 만무하겠지만, 예상 커트라인 점수조차도 너무 높았다. 재혁처럼 실기를 잘하는 학생도 내신이나 수능 때문에 원하는 대학교에 들어가지 못하는 판이니 필남이 문예창작과를 생각하는 건 그야말로 꿈에 불과하다는 생각만이 들었다.

하지만 나리는 명쾌했다. 길이 정해진 마당에 불가능할 게 뭐 있냐고 단호하게 말했다. 공부야 지금부터 하면 되고, 진학은 내년에 생각하면 된다는 것이었다. 집안 형편이 힘들면 저 사는 방에 들어와 같이 살자고 했다. 필남은 나리의 말이 너무 고마워 울컥 눈물을 쏟을 뻔했다.

그날 밤 필남은 준태 오빠에게 편지를 썼다. 지금 지내고 있겠거니 하는 외가로 부치려 하다가 예전에 준태 오빠가 적어주었던 주소를 찾아내 이메일로 보냈다. 내년에 준태 오빠가 복학하면 방을 하나 얻을 것이라고 했던 게 생각났기 때문이었다. 어느 한 군데에 속마음을 보이고 약속을 하게 되면 지켜 봐주는 그 사람 때문에라도 열심히 공부하지 않을까 싶기도 했다. 필남은 편지에서 그 동안의 고민과 결정한 진로에 대해 말하고 서울로 가게 되면 도와 줄 수 있냐고 물었다.

중간 이후에서 맴돌던 성적을 끌어올리는 게 그 다음 문제였다. 필남은 내가 언젠가 말했지, 너는 마음만 먹었다 하면 아주 잘 할 것 같다고, 공부든 뭐든 말이야, 라고 반복하는 나리의 말에 용기를 내 보기로 했다. 뭐부터 해야 하냐는 필남의 질문에 나리는 하루 종일 수업인데 수업 시간 놓치면 혼자 아무리 열심히 해도 능률이 오를 리 없다며 자리부터 옮기라고 했다. 필남은 나리의 말을 무조건 따르기로 한 약속대로 그렇게 했다.

✽

기말고사 기간 동안 필남은 나리 집에서 시험 준비를 했다. 예전에는 공부하는 나리의 모습을 지켜 보며 시간을 보냈지만 이제 필남도 2시간 공부하고 30분 쉬는 패턴을 따라 책을 보고 문제집을 풀었다. 안 하던 공부가 갑자기 잘 될 리는 없었지만 필남은 나리가 시키는 대로 자리라도 지키려고 애썼다. 그러다 보니, 선생의 설명이 귀에 들어오기 시작했던 것처럼 혼자 공부에도 조금씩 탄력이 붙었다. 못 푸는 수학 문제를 쓱쓱 해결하고 암기 내용의 맥락을 잡아 주거나 요점을 간추려 주는 나리의 도움도 컸다. 나리의 설명은 정확하면서도 아주 간단해 어떤 내용이든 쉽게 이해되었다. 필남이 어떤 부분에서 막히는지 금방 알아차리는 것도 용했다. 나중에 점쟁이나 선생 할까? 장난스럽게 내뱉는 나리의 말도 말이거니와 필남이 생각하기에도 나리는 교사가 딱 어울려 보였다. 정현희 선생님 같은.

✽

시험을 다 치르고 나니 몸이 으슬으슬 추운 게 아무래도 감기 몸살인 것 같았다. 오후의 약속은 지키지 못하겠다고 나리에게 말할 수밖에 없었다. 그렇게 미안하지는 않았다. 모처럼 재혁과 나리가 만나는 자리라 자기네들끼리 좋은 시간을 가졌으면 해서였다.

필남이 식당 문을 열고 들어가니 탁자를 닦던 진주댁의 눈이 휘둥그레졌다.

"와, 무슨 일 생겼나, 이 대낮에 무슨 일이고."

"시험 쳐서 일찍 마쳤어요."

"어이구, 그라모 다행이고. 밤귀신이 붙은 니가 날 밝을 때 들어오니 가슴이 다 철렁했다."

"들어갈게요."

"아이다, 니 얼굴이 해쓱하니 별로 안 좋다. 밥은 무었나."

필남이 걸음을 옮기는데 주방에서 희남 언니가 나왔다. 필남은 너무 놀라 화들짝 놀라고 가슴이 턱 막혔다.

"시험 기간에는 급식 안 해요. 야, 먹고 자라."

말도 말이거니와 밥상을 내 오는 희남 언니를 필남은 멍하니 바라보았다. 필남은 진주댁을 쳐다보았다. 진주댁은 난들 아냐, 라는 표정으로 어깨를 약간 으쓱거렸다. 그러더니 누구에게랄 것도 없는 말을 하며 앞치마를 벗었다.

"아 참, 내, 골목 안집에 잠깐 댕기오면 싶으다. 그 집 안어른이 오락가락한다는데 세상 배리기 전에 한번 디다 봐야지."

필남은 옷을 탁탁 치며 밖으로 나가는 진주댁에게 다녀오세요, 엉거주춤 일어나며 인사를 했다. 앉으면서 보니 희남 언니도 비슷한 자세로 똑같은 인사말을 했다.

밥을 먹어도 전혀 맛을 느낄 수 없었다. 머릿속으로 온갖 가지 생각이 돌아다녔기 때문이었다. 식당에 얼쩡거리지 않았던 희남 언니가 앞치마를 두르고 일을 하는 게 도무지 이해되지 않았다. 돈이 필요한가? 김상사의 환심을 사야 했을까? 대학을 위해? 밖으로 나가지 못하는 신변상의 이유라도? 그 어느 것도 제대로 추리가 되지 않았지만 필남은 끝내 무슨 일인가 묻지 못했다.

식탁에서 일어나 주섬주섬 찬그릇을 챙기는데 희남 언니가 못 하게 했다. 뒤로 밀려난 필남이 다시 멍하니 서 있자니 희남 언니가 그릇을 주방으로 통하는 선반에 놓으며 말했다.

"나중에 후회하지 말고 지금 열심히 공부해라. 길 잘못 들면 나처럼 다시 시작해야 해."

필남은 가방을 메면서 예, 도 아니고 응, 도 아닌 중간쯤의 소리를 냈다. 그러고는 급한 볼일이라도 있는 것처럼 안채로 얼른 걸음을 옮겼다. 찹쌀떡 고마웠다, 라는 희남 언니의 말이 등 뒤에서 들렸다. 방에 슬쩍 들여놓았던 것을 알고 있었구나. 필남은 희남 언니의 느닷없는 인사에 잠시 가슴의 못 물이 출렁거리는 느낌을 받았다. 하지만 바보같이 못 들은 척하고 말았다. 뒤돌아보며 슬쩍 웃었더라면 더 좋았을 것을, 하고 후회할 때는 이미 안채에 들어선 뒤였다.

어둠침침한 방에서 옷을 벗고 침대 안으로 몸을 넣었다. 불을 켤까 하다가 문득 일어나 컴퓨터 전원을 넣었다. 시험 기간 동안 열어 보지 못했던 이메일을 살펴보기 위해서였다.

어제 날짜로 준태 오빠의 답장이 와 있었다. 필남은 숨을 죽이고 천천히 편지를 클릭했다. 편지는 답장이 늦어 미안하다는 말로 시작되었다. 전라도의 친구 집엘 다녀왔는데 아주 깊은 시골이고 노인들만 계시는 집이라 컴퓨터가 없었다고 했다. 준태 오빠는 친구와 둘이서 노부모의 비닐하우스 일을 거들며 한 달쯤을 보내고 어제 돌아왔다고 했다. 필남은 콧등이 시큰거리고 울컥 목이 멨다. 어릴 때부터 자랐다고는 하나 외가에 지내는 게 얼마나 불편했으면 그랬을까 하는 생각부터 들었기 때문이었다.

필남의 사연에 대해서는 아주 기특하다, 마땅한 고민이었고 온당한 선택으로 보인다고 말문을 연 다음 가상 시나리오를 펼쳐 보였다.

'……봄에 복학을 하면 나는 작은 방을 하나 구할 생각이었다. 옥탑이나 지하라도 좋고 아니면 고시원에라도 거처를 정하리라 마음먹고 있다. 군대까지 다녀온 마당에 예전처럼 기숙사 생활을 하기는 싫고, 무엇보다 나만의 공간을 가지고 싶기 때문이다.

내가 4학년이 될 때 네가 올라오게 되는구나. 내가 있는 곳에 그냥 너와 같이 살게 되면 좋겠지만 아무래도 그건 힘들 것 같다. 단칸방이나 고시원에 같이 지내기는 아무리 생각해도 어려울 게고, 두 칸짜리 방으로 이사할 능력이 내게 있는 것도 아니니 말이다. 그러니 우선 1년 동안은 기숙사 생활을 하면 좋겠다. 지방에서 올라오는 학생은 대개 기숙사에서 서울 생활을 시작하니까 말이다. 내가 졸업하면 그때는 집을 넓혀 너를 부르마. 그런 목적이라면 어머니도 아버지의 유산을 헐어 쓰도록 허락하실 것 같다.

나는 복학해서 공부를 잘할 수 있을지, 무엇보다 취직을 할 수 있을지 늘 불안했는데 너의 편지를 받고 용기를 얻었다. 이제 나도 꼭 취직을 해야 하는 목표가 생겼으니 방황하는 마음을 가라앉히고 열심히 노력할 것 같다. 나에게도 믿고 의지하려는 동생이 있다는 게, 그 동생을 공부시키고 싶다는 책임감이 나를 강하게 살도록 이끌 것 같다…….

……많은 시간을 들여 답장을 쓴다. 글이라는 게 마음먹은 대로 나와 주지 않고 자꾸 제멋대로 흘러가는 것 같다. 나는 편

지글조차도 이리 힘든데 너는 글 쓰는 사람이 되고자 한다니 참 장하다. 아닌 게 아니라 너는 편지도 아주 잘 쓰는구나. 다음에는 네가 쓴 다른 글도 읽어보고 싶다.'

필남은 스크롤바를 천천히 내려가며 편지를 읽었다. 다 읽고는 다시 읽고 또다시 읽었다. 가슴이 먹먹하고 눈앞이 흐려지더니 이내 자판 위로 눈물이 똑똑 떨어졌다.

＊

독서 문집 '백련'의 책임자는 필남이었다. 필남과 나리는 여러 해 동안 발간된 문집을 참고하여 틀을 짰다. 첫 페이지는 개성을 발휘하기 어려웠다. 회장과 지도 교사의 인사말이 기본적으로 들어가는 데다 올해의 주제 소개와 발표회 경과보고를 해야 하기 때문이었다. 현지의 입원으로 내공의 힘을 보여 준 15기들은 이미 발표한 주제문들을 잘 정리해 제출해 주었다. 필남은 기억을 되살려 발표회장의 분위기와 에피소드를 엮어냈다. 가을부터 적기 시작한 일기가 많은 도움이 되었다. 필남은 자투리 여백을 이용해 '마음에 와 닿는 구절 베스트 5'를 공모하여 실었는데 1학년들도 적극 참여했고, 필남의 베낌 공책도 단단히 한 몫을 했다.

책을 들고 있는 발표자 사진과 책표지 사진은 재혁이 도와 주었다. 그는 디카를 이용해 글 일변도의 딱딱한 지면에 모양과 색을 입혀 주었다. 그는 구도에 대한 감각이 남달라 글의 배치에도 큰 도움을 주었다. 특히 〈길버트 그레이프〉의 몇 장면을 카메라에 다시 담아 롤필름 모양으로 연결시킨 것은 여러 사람의 감탄을 사기에 충분했다.

정현희 선생은 학교 예산에 맞추어 쪽수와 인쇄 매수를 결정해 주었다. 필남은 올해 문집이 제일 낫겠다고 말하는 선생이, 그녀의 얼굴에 어리는 홍조가 참 좋았다.

인쇄소로 문집을 넘기던 날 필남은 정현희 선생으로부터 책을 선물 받았다. '토마스 만'의 『토니오 크뢰거』와 '제임스 조이스'의 『젊은 예술가의 초상』이었다. 필남은 네가 이 책을 읽을 때를 기다리고 있었어, 라는 선생의 말을 떠올리며 그날 밤 늦도록 잠을 이루지 못했다. 많은 대화를 나누지 않아도 정현희 선생은 언제나 필남이 가는 길목마다를 지켜 주는 등불 같게만 여겨졌다.

❋

백련 15기의 모임을 정리하는 마지막 날은 겨울인데도 아주 따뜻했다. 야외에서의 점심을 기획했던 임원들의 얼굴이 환해졌다. 토요일 수업을 마치는 시각에 맞추어 정현희 선생과 나리 아버지의 차가 대기해 있었다. 나리 아버지의 차에 끼어 탄 필남은 며칠 전에 들었던 말을 떠올리며 혼자 슬며시 웃었다. 나리의 동생이 예정일보다 이십 일이나 빨리 태어나게 된 그날 밤, 대단한 해프닝이 일어난 모양이었다. 내가 뭘 아니? 나한테 전화를 하면 어쩌느냐 말이지. 택시 타고 집에 갔더니 새엄마는 땀이 범벅이 되어 데굴데굴 구르는데 아빠는 그냥 종종걸음만 치고 있는 거야. 내가 짐 챙기고 콜택시 불렀다니까. 아빠 상태를 보니까 운전을 못 할 거 같았거든. 수술하는 동안에도 얼마나 동동거리는지, 내가 태어날 때도 저랬을까 싶으니까 아빠라도 얄밉더라. 어유, 말 마라. 아들이라고 얼마나 좋아하는지, 손님들 앞에서 내가 다 민망할 지경이었어. ……근데 있잖아. 아기는 정말 신기하더라. 입을 오물거리고 하품을 하고 발가락을 꼼지락꼼지락거리는데 귀엽고 희한해. 그럼, 안아 봤지. 아기가 너무 작고 부드러워 어디 다치게 할까 봐 얼마나 불안하고 긴장했는지 몰라. 그런데 딱 안았다 싶은 순간에 나도 모르게 갑자기 눈시울이 뜨거워졌어. 나리는 그 순간의 감정이 다시 살아나는지 떨리는 목소리로 말했다. 필남은 상상이 잘 안 되면서도 어쩐지 이해할 것 같은 느낌으로 고개를 끄덕였다.

이내 들꽃학습원에 도착했다. 나리 아버지는 나중에 돌아올 때 전화하라며 차를 돌렸고, 일행은 양지바른 곳에 자리를 깔고 각자가 준비해 온 걸 풀었다. 벚나무는 이미 잎을 모두 떨어뜨렸고, 노란 잔디밭 사이의 상록수들만이 초록 옷을 입고 서 있었다.

나리의 전기밥솥이 단연 시선을 모았다. 밥을 해 오기로 한 나리는 예약취사로 고슬고슬한 밥을 한 다음 솥째로 들고 왔다. 정현희 선생이 가져온 커다란 양푼에 각자의 준비물이 하나씩 부어졌다. 콩나물, 시금치나물, 고사리와 도라지나물이 들어가고 달걀 프라이와 참기름이 보태졌다. 거기다 더운밥과 고추장이 더해지니 이제 준비 끝이었다. 일회용 장갑을 낀 현지가 양손으로 밥을 버무리기 시작했다. 그러다가 떡 되겠다는 핀잔과 주무르지 말고 들어 올리면서 하라는 잔소리가 곳곳에서 튀어나왔지만 현지는 씩씩하게 비벼댔다. 그 사이 필남은 상추와 쌈배추를 빈 그릇마다 담았다. 드디어 현지로부터 오케이 사인이 떨어지자 숟가락들이 일제히 양푼으로 달려들었다. 나리가 한술 가득 뜬 밥을 상추에 싸서 정현희 선생의 입을 벌리게 했다. 그 다음부터는 서로가 서로에게 먹여 주었다. 현지는 나리에게, 정은은 필남에게, 필남은 또 다른 친구의 입으로 비빔쌈밥을 밀어 넣었다. 입이 미어터질 것 같으면서도 모두들 즐거운 표정이었다. 필남은 나리의 입에 밥을 넣어 주려는 현지의 주춤거림을 놓치지 않고 보았다. 입을 벌리기 전에 잠시 미적거리던 나리의 표정도 읽을 수 있었다. 나리가 현지의 숟가락을 거절하지 않아 필남의 조마조마한 마음도 걷혔다. 필남은 아무도 모르게 한숨을 쉬었다.

그 많던 밥이 한순간에 사라졌다. 각자의 그릇은 그대로 되가져 가니 설거짓거리는 양푼뿐이었다. 필남과 정은이 화장실에 가는 길에 양푼을 집어 들었다.

화장실을 나오니 일행 있는 쪽이 시끌벅적했다. 뭐지? 정은과 눈빛을 교환하며 뛰어와 보니 그새 식혜 파티가 벌어지고 있었다. 현지 어머니가 직접 담아 보내 준 것이라고 했다. 맑은 물에 하얀 밥알이 동동 뜬 게 보기에도 맛있어 보였다.

"자, 한솥밥에 단술까지 먹었겠다, 이제 한 바퀴 돌아볼까?"

등에 쏟아지는 햇살을 받으며 나른하게 퍼져 있는데 정현희 선생이 일어서며 말했다. 배가 불러 일어서지도 못하겠어요, 단술 마시고 취했어요, 잠 와요. 저마다 한 마디씩 하면서도 몸들은 시부저기 따라나섰다.

며칠 전의 추위 때문인지 꽃밭은 곳곳이 얼어 있었다. 그 많던 꽃들이 어디로 사라졌는지 보이지 않고 색 바랜 금잔화만

겨우 자리를 지키고 있었다. 몸을 잔뜩 옹그린 그 꽃은 예쁘다 기보다 애처로워 보였다. 일행 뒤로 처진 필남은 애잔한 눈으로 꽃밭을 둘러보았다. 어서 꽃 피는 시절이 오면 좋겠다는 생각이 들었다. 하지만 필남은 알고 있었다. 그 일은 무수한 시간과 땅 밑의 부산함이 있어야만 이루어진다는 걸.

언덕 위에서 나리가 빨리 올라오라고 손짓을 했다. 필남은 고개를 끄덕이며 발걸음을 빨리 했다. 언덕 위는 친구들의 호들갑으로 부산했다. 키가 큰 나무에 달린 보라색 열매가 예쁘다며 야단이었다. 다른 쪽은 덩굴로 올라간 빨간 열매에 감탄했다. 필남도 처음 보는 그 열매는 햇빛을 받아 투명한 보석처럼 빛나고 있었다. 현지가 팻말을 보며 빨간 건 배풍등이고 보라색은 작살나무 열매야, 라고 말했다. 어디어디, 하면서 친구들이 현지 주위로 모여들었다. 그 때 뭔가가 필남의 교복 윗주머니에 꽂혔다. 브로치보다 더 아름다운 배풍등 열매였다. 필남은 나리를 보며 활짝 웃었다.

이윽고 들꽃학습원을 한 바퀴 돌아 목련나무가 있는 본관 앞까지 왔다. 정현회 선생을 따라 모두들 한참 동안 나무를 올려다보았다. 이제 겨울의 시작일 뿐인데 목련은 벌써 가지 끝마다 망울을 달고 있었다. 원추형 표면이 자잘한 솜털로 뒤덮인, 손가락 마디만한 단단한 꽃망울이었다. 솜털과 껍질로 추위를 막으며 속으로는 부지런히 꽃잎을 말아내고 있으리라. 마음과 눈이 한꺼번에 부신 필남은 고개를 한껏 젖혀 나무를 쳐다보았다. 대지의 기운을 한껏 빨아들이는 뿌리의 거대한 힘과 끊임없이 수액을 빨아 올리는 가지의 안간힘이 보이는 것 같았다. 필남은 가슴이 홧홧 달고 눈이 시려올 때까지 나무를 우러르며 다리에 힘을 주고 서 있었다.

# 읽으면서 성장하고,
## 성장하면서 읽기

작년 가을이었다. 오랜 외국 생활을 끝낸 친구로부터 전화가 걸려왔다. 서로 연락이 끊긴 지 십년 만이었다. 나는 그 때 독서와 우정을 다루는 소설을 구상 중이었다. 인물의 형상에 여고생이었던 나와 그 친구를 몽개몽개 입히고 있는데 덜컥 연락이 온 것이었다. 우리는 만났고, 이내 예전처럼 의기투합했다. 끊임없이 이야기를 쏟아내며 과거와 현재를 넘나들었다. 그 와중에 필남과 나리가 태어났다. 내가 때때로 필남과 나리를 이야기했으므로 친구는 우리의 여고시절이 소설에서 어떤 모습으로 되살아날지 궁금해 했다.

한참 뒤 소설을 읽고 친구는 말했다. 너와 나는 없고 필남과 나리만 있다고, 조금씩의 이미지는 느껴지지만 새로운 인물을 창조해 냈다고 했다. 그리고 우리는 이내 그게 당연한 거라고 합의했다. 소설이라는 장르의 속성이 그런 것이니까. 나와 친구에서 비롯했으나 필남과 나리는 전혀 다른 얼굴과 행동으로 다시 태어난 몸들일 수밖에 없다. 필남과 나리는 이미 우리와 상관없이 읽으면서 성장하고, 성장하면서 읽는 아이들이 되었다. 다만 나는 자식의 뒷모습을 애잔하게 바라보는 어미의 심정으로 저들을 지켜볼 따름이다.

학교 현장에서 만나는 학생들은 책읽기를 싫어할 뿐 아니라 읽는다 해도 무협지류나 판타지류에 국한되는 경우가 많았다. 따라서 『길 위의 책』은 진지한 책읽기에 소홀한 학생들에 대한 문제의식에서 출발했다. 성장에 도움이 될 만한 책을 선정한 다음 그것을 읽어나가는 주인공의 의식세계가 어떻게 변화, 발전하는가를 보이고자 했다. 주인공이 독서를 통하여 가족과 학교 생활의 갈등을 풀어나가는 한편 자신의 진로까지 결정하게 하였다. 사실 그것이 독서의 위대한 힘이다. 그런데 나의 진정한 소망은 이런 작업을, 소설이 아니라 현장으로 끌어내고 싶다는 것이다. 그렇게만 된다면 정말 즐거이 가르치고, 또 배울 수 있을 것 같다.

이 글은 일정 정도, 소설에 대한 소설이다. 제재로 삼은 작품을 세상에 부려 주신 분들께 경의를 표하지 않을 수 없다. 나를 비롯한 많은 사람들이 그분들의 작품에 기대 사람과 세상을 올곧게 보려 애쓰고 있음을 밝힌다. 이제 나는 이 소설을 존경심과 함께 그분들의 발아래 놓는다. 그분들에 대한 작은 보답이고 싶다고 감히 욕심을 부려본다.

동생에게 이 책을 바친다. 그는 지금 이곳에 없다. 스물두 살 꽃다운 나이에 세상을 등졌다. 하지만 그는 늘 내 삶을 작동시켜 온 그늘진 힘이었다. 십육 년 전의 약속을 이제야 지킨다.

2005년 11월
강　미

## 〈책따세〉 추천도서, 함께 읽어 보세요!

유진과 유진  이금이
너도 하늘말나리야  이금이
까망머리 주디  손연자
길 위의 책  강 미
발끝으로 서다  임정진
리남행 비행기  김현화
지귀, 선덕 여왕을 꿈꾸다  강숙인
에네껜 아이들  문영숙
내가 사랑한 야곱  캐서린 패터슨
마르셀로의 특별한 세계  프란시스코 X. 스토크
꿀벌이 사라지고 있다  로리 그리핀 번스
악어에게 물린 날  이장근
사료를 드립니다  이금이


## 강    미

1967년 경남 진주에서 태어났으며, 경상대학교 국어교육과와 계명대학교 대학원 문예창작학과를 졸업했다. 1991년 '우리교육' 소설 공모에 입선한 뒤, 2005년 『길 위의 책』으로 '푸른문학상'을 수상하며 본격적으로 청소년소설을 쓰기 시작했다. 지은 책으로 『길 위의 책』, 『겨울, 블로그』 등이 있으며, 이 작품들은 문화체육관광부 우수교양도서, 한국출판인회의 선정 이달의 책, 대한출판문화협회 선정 올해의 청소년도서, 책따세 추천도서 등으로 선정돼 지금, 여기에 존재하는 청소년들의 삶을 진솔하게 그린 작품으로 많은 호평을 받고 있다. 현재 울산여자고등학교 교사로 재직 중이다.

### 1. 뢰제의 나라  강숙인 지음

교통사고로 가사 상태에 빠진 열두 살 소년이 저승사자의 손에 이끌려 저승인 '뢰제의 나라'
를 여행하면서 벌어지는 모험담을 담은 판타지소설.

★ 윤석중문학상 수상작   ★ 동화읽는가족 추천도서

### 2. 아버지가 없는 나라로 가고 싶다  이규희 지음

아픈 결핍의 가족사를 벗어던지고 마침내 더 너른 세상을 향해 나아가는 소녀를 통해 성장의
의미를 곰곰이 곱씹게 해 주는 가슴 뭉클한 성장소설.

★ 세종아동문학상 수상작가

### 3. 까망머리 주디  손연자 지음

좋아하는 남학생에게 외모에 대한 조롱 섞인 말을 듣고, 입양아인 자신이 미국 사회의 이방
인이라는 사실을 깨닫는 사춘기 소녀 주디가 정체성을 찾아가는 이야기.

★ 책따세 추천도서   ★ 경기도학교도서관사서협의회 추천도서   ★ 부산광역시교육청 독서인증제 권장도서

### 4. 이삐 언니  강정님 지음

일제 강점기 말과 해방 공간을 시간적 배경으로 밤나무정 마을에 사는 '복이'라는 여자아이
의 삶의 비밀을 하나하나 알아가는 과정을 그린 아름다운 연작소설집.

★ 서울시교육청 교과별 권장도서   ★ 한우리독서토론논술 필독도서   ★ 한국아동문예상 수상작

### 5. 너도 하늘말나리야  이금이 지음

미르와 소희, 바우는 각자의 상처를 속으로 감추고 괴로워하다 서로를 알아본다. 서로의 상
처를 보듬어 주는 순간, 상처에는 새살이 돋고 아이들은 비로소 성장하게 된다.

★ 중학교 〈국어〉 교과서 수록   ★ 책따세 추천도서   ★ 〈중앙일보〉 좋은책 100선 선정도서

### 6. 내 이름엔 별이 있다  박윤규 지음

1970년대라는 한국 사회의 정치적·사회적 격동기를 배경으로 성장해 나가는 사춘기 소년의
삶을 통해 2000년대의 우리가 잊고 지냈던 '꿈'과 '희망'을 다시 한 번 환기시켜 준다.

★ 서울시립어린이도서관 추천도서

### 7. 토끼의 눈  강정규 지음

한국 전쟁을 배경으로 한 세 편의 이야기를 엮은 소설집. 작품 속에 총소리나 죽음은 등장하
지 않지만, 천진한 아이들의 눈으로 바라본 전쟁이 숨이 막힐 듯 가깝게 다가온다.

★ 세종아동문학상 수상작   ★ 아침독서 청소년 추천도서

### 8. 화랑 바도루  강숙인 지음

부모님을 일찍 여읜 바도루가 김충현 장군 밑에서 생활하며 그의 자제인 경천과 함께 피나는
노력과 뜨거운 우정을 나누며 꿈에 그리던 화랑이 되는 이야기를 그린 본격 역사소설.

★ 동화읽는가족 추천도서

### 9. 유진과 유진  이금이 지음

어린 시절 함께 성추행을 당한 동명이인 '유진과 유진'의 각각 다른 성장 과정을 통해 청소년
의 심리를 아주 세밀하게 보여 주는 이금이 작가의 청소년소설.

★ 책따세 추천도서   ★ 어린이도서연구회 청소년 권장도서   ★ 학교도서관저널 선정 성장소설 50선

## 10. 마사코의 질문 손연자 지음

일본인 소녀의 입으로 일본인의 죄를 묻는 이야기. 일제 강점기에 우리 민족이 겪은 온갖 수난을 생생하고 절실하게 그려 낸 9편의 작품이 실려 있다.

★ 세종아동문학상 수상작  ★ SBS 어린이미디어대상 수상작  ★ 한우리독서토론논술 필독도서

## 11. 아, 호동 왕자 강숙인 지음

비극적 사랑의 대명사 호동 왕자와 낙랑 공주. 그들이 정말 사랑하는 사이였는가에 대한 의문으로 시작된 역사소설. 우리가 알고 있던 이야기를 뒤집어 전혀 새로운 시각을 제시한다.

★ 한우리독서토론논술 필독도서  ★ 서울독서교육연구회 추천도서  ★ 책읽는교육사회실천협의회 추천도서

## 12. 길 위의 책 강미 지음

'책'을 통해 자연스럽게 자신의 고민과 방황을 해결하고 상처를 치유해 나가는 여고생들의 이야기를 잔잔하게 그렸다. 청소년들을 위한 성장소설들이 '책 속의 책'으로 가득 담겨 있다.

★ 제3회 푸른문학상 수상작  ★ 책따세 추천도서  ★ 문화체육관광부 우수교양도서

## 13. 느티는 아프다 이용포 지음

'지금 여기'의 '가장 낮은 곳'을 이야기하는 성장소설. 독자들에게 이웃을 바라보는 시선을 바꾸고 존재의 소중함을 돌아볼 수 있는 시간을 마련해 준다.

★ 한국문화예술위원회 우수문학도서  ★ 평화박물관 선정 청소년 평화책

## 14. 발끝으로 서다 임정진 지음

베스트셀러 『행복은 성적순이 아니잖아요』의 임정진 작가가 펴낸 청소년소설. 낯선 땅으로 홀로 유학을 떠난 주인공을 통해 조기 유학생활의 어려움과 외로움을 절절하게 그렸다.

★ 책따세 추천도서

## 15. 마지막 왕자 강숙인 지음

역사의 그늘에 가려져 있던 인물이자 신라의 마지막 왕인 경순왕의 아들 마의태자를 주인공으로 한 역사소설로, 그의 새로운 영웅적 면모를 보여 준다.

★〈중앙일보〉좋은책 100선 선정도서  ★ 어린이도서연구회 청소년 권장도서

## 16. 초원의 별 강숙인 지음

마의태자를 주인공으로 한 『마지막 왕자』의 후속작. 사라져 버린 나라를 그리워하던 주인공 새부가 광활한 만주 대륙에서 아버지의 꿈을 이루는 과정을 흥미진진하게 그리고 있다.

★ 동화읽는가족 추천도서

## 17. 주머니 속의 고래 이금이 지음

가슴속에 품고 있는 꿈을 찾기 위해 노력하는 열다섯 살 아이들에 대한 이야기이다. 저마다 꿈을 좇는 과정에서 실패와 좌절을 겪지만 다시 씩씩하게 일어나는 모습을 보여 준다.

★ 중학교 〈국어〉 교과서 수록  ★ 아침독서 청소년 추천도서  ★ 대한출판문화협회 올해의 청소년도서

## 18. 쥐를 잡자 임태희 지음

원치 않는 임신을 한 여고생의 이야기로 성에 대해 여전히 취약한 우리 청소년의 현실을 돌아보고 위험성을 인식하게 만든다. 동시에 대책 마련이 시급하다는 사실을 새삼 일깨운다.

★ 제4회 푸른문학상 수상작  ★ 아침독서 청소년 추천도서  ★ 어린이도서연구회 청소년 권장도서

### 19. 바람의 아이 한석청 지음

우리나라 아동청소년문학 최초로 발해를 소재로 한 장편역사소설. 고구려 멸망 뒤 옛 고구려 지역에 살던 이들의 비참한 삶과 나라를 되찾고자 하는 투쟁을 생생하게 그려 냈다.
★한우리독서토론논술 필독도서   ★책읽는교육사회실천협의회 추천도서

### 20. 베스트 프렌드 이경혜 외 지음

사춘기를 지나 성숙한 남녀로 성장하는 과정에 놓인 청소년들의 심리 변화를 섬세하게 그린 표제작을 비롯해 현실적인 청소년들의 한계와 모순을 그린 5편의 단편소설을 엮었다.
★어린이도서연구회 청소년 권장도서

### 21. 리남행 비행기 김현화 지음

봉수네 가족이 북한을 탈출해 리남행 비행기에 오르기까지의 여정이 긴장감 있게 그려져 있다. 온갖 역경 속에서도 인간애와 가족애를 잃지 않는 모습이 진한 감동을 선사한다.
★제5회 푸른문학상 수상작   ★책따세 추천도서   ★한국문화예술위원회 우수문학도서

### 22. 겨울, 블로그 강 미 지음

자신만의 길을 찾아가는 청소년들이 종횡무진 활동하는 네 편의 작품을 담았다. 청소년들의 일상을 정확하고 섬세하게 묘사하여 그들이 나아갈 수 있는 길을 오롯이 보여 준다.
★문화체육관광부 우수교양도서   ★아침독서 청소년 추천도서   ★한국출판인회의 선정 이달의 책

### 23. 네가 하늘이다 이윤희 지음

1894년 동학 농민 운동을 배경으로 새로운 세상을 꿈꾸었지만 결국 이름조차 남기지 못하고 스러져 간 농민군의 이야기를 감동적으로 그려 낸 대하역사소설.
★아침독서 청소년 추천도서   ★한국어린이문화대상 수상작

### 24. 벼랑 이금이 지음

원조 교제, 첫 키스, 협박, 폭력……. 거친 현실의 이면에 감춰진 청소년들의 내면을 섬세하게 다루고 있는 이금이 작가의 연작청소년소설.
★한국문화예술위원회 우수문학도서   ★아침독서 청소년 추천도서   ★네이버 북리펀드 선정도서

### 25. 뚜깐뎐 이용포 지음

서기 2044년, 한국에서 영어 공용화 법안이 통과된 뒤 영어가 일상으로 자리를 잡은 때와 한글이 박해를 받던 연산군 시절을 오가며 현대인들에게 진지한 성찰의 기회를 제공한다.
★아침독서 청소년 추천도서   ★대한출판문화협회 올해의 청소년도서   ★〈중앙일보〉 선정 이달의 책

### 26. 천년별곡 박윤규 지음

천 년의 시간을 애증과 그리움으로 버틴 주목나무의 이야기를 절제된 감성으로 그린 작품. 시 형식을 차용한 소설인 '시소설'이란 신선한 장르에 애절한 정서를 잘 녹여 냈다.
★한우리가 선정한 좋은 책

### 27. 지귀, 선덕 여왕을 꿈꾸다 강숙인 지음

지귀 설화 속에 숨어 있는 선덕 여왕 이야기를 담은 역사소설. 지귀와 선덕 여왕, 김춘추와 김유신 등 시대의 격랑에 휘말린 이들의 삶과 사랑이 독자들의 가슴속에 파고든다.
★책따세 추천도서   ★네이버 북리펀드 선정도서   ★아침독서 청소년 추천도서

## 28. 청아 청아 예쁜 청아 강숙인 지음

〈심청전〉을 현대적으로 재해석한 소설. 새로운 시각의 심청과 서해 용왕 그리고 그의 아들을 등장시켜 '보이지 않는 사랑 이야기'를 통해 참다운 사랑의 의미를 되새기게 한다.
★ 한국출판인회의 선정 이달의 책  ★ 중앙독서교육 선정도서

## 29. 살리에르, 웃다 문부일 외 지음

'엄친아'와의 비교에 시달리며 자신을 '살리에르'라 믿는 청소년들에게 건네는 '꿈'에 관한 다섯 가지 이야기. 꿈을 향한 청소년들의 힘차고도 아름다운 몸부림이 담겼다.
★ 제6회 푸른문학상 수상작  ★ 아침독서 청소년 추천도서  ★ 경기도학교도서관사서협의회 추천도서

## 30. 사라지지 않는 노래 배봉기 지음

세계적 미스터리의 하나인 이스터 섬 모아이 석상의 비밀을 소재로 인간의 파괴적 욕망과 그것을 극복했을 때 찾을 수 있는 평화를 보여 준다.
★ 문화체육관광부 우수교양도서  ★ 네이버 북리펀드 선정도서  ★ 국립어린이청소년도서관 추천도서

## 31. 김홍도, 조선을 그리다 박지숙 지음

김홍도의 그림을 통해 그의 삶을 다룬 연작으로, 작가 특유의 상상력과 깊이 있는 통찰력으로 '인간 김홍도'의 삶을 생생하게 되살려낸 본격 역사소설이다.
★ 문화체육관광부 우수교양도서  ★ 〈소년조선일보〉 추천도서  ★ 아침독서 청소년 추천도서

## 32. 새가 날아든다 강성규 지음

한국 전쟁을 직접 경험한 세대가 전쟁과 분단과 이산이라는 문제를 다른 시각에서 조명한 작품. 역사의 굴곡을 넘어 당대의 사람들이 더불어 살아가는 이야기를 일곱 편의 소설에 담았다.
★ 아침독서 청소년 추천도서

## 33. 에네껜 아이들 문영숙 지음

구한말 멕시코의 낯선 농장으로 이주한 조선 사람들이 노예처럼 일하며 온갖 고난과 수모를 당하지만 불굴의 의지로 희망의 새로운 터전을 마련한 내용을 담은 역사소설.
★ 책따세 추천도서  ★ 대한출판문화협회 올해의 청소년도서  ★ 아침독서 청소년 추천도서

## 34. 밤나무정의 기판이 강정님 지음

1950년대를 배경으로 소년 기판이의 각별하고도 애틋한 성장과 모험과 죽음을 다룬 이야기. 작가 특유의 입담과 사투리에 실린 당시의 일상과 풍속이 눈앞에 생생하게 되살아난다.
★ 한국문화예술위원회 우수문학도서  ★ 아침독서 청소년 추천도서

## 35. 스쿠터 걸 이은 지음

질풍노도의 시기인 청소년기의 한복판에 서 있는 열다섯 살 중학생들을 본격적으로 등장시킴으로써 중학생들의 삶을 밀도 있게 그려 낸 청소년소설집.
★ 한국간행물윤리위원회 우수청소년저작 당선작  ★ 학교도서관저널 추천도서

## 36. 우리 반 인터넷 소설가 이금이 지음

거짓이 휘두르는 보이지 않는 폭력에 '진실'이 어떻게 왜곡되고 유배되는지를 청소년들의 생생한 세태 묘사와 치밀한 구성을 바탕으로 보여 준다.
★ 네이버 북리펀드 선정도서  ★ 학교도서관저널 추천도서  ★ 국립어린이청소년도서관 추천도서

### 37. 열네 살, 비밀과 거짓말 김진영 지음

습관적인 도둑질에 빠져들면서 비밀과 거짓말이 늘어나게 된 평범한 열네 살 소녀 하리가 다시 삶의 진실을 찾아가는 성장소설.

★ 한국간행물윤리위원회 청소년 권장도서   ★ 문화체육관광부 우수교양도서

### 38. 허황옥, 가야를 품다 김 정 지음

먼 바다를 건너 가야로 온 인도 아유타국 공주 허황옥의 삶을 조명하면서, 철을 바탕으로 국제 무역의 중심지로 자리했던 가야의 역사를 생생히 전하는 역사소설이다.

★ 학교도서관저널 추천도서   ★ 대한출판문화협회 올해의 청소년도서

### 39. 외톨이 김인해 외 지음

요즘 청소년들의 왜곡된 삶과 고민을 가감 없이 보여 주며, 그들의 정서적 긴장감과 내면적 따뜻함을 동시에 그리고 있는 세 편의 단편소설이 실려 있다.

★ 제8회 푸른문학상 수상작   ★ 국립어린이청소년도서관 사서 추천도서   ★ 아침독서 청소년 추천도서

### 40. 그래도 괜찮아 안오일 지음

현실의 부정과 좌절에 길항하는 청소년들의 고민을 진정성 있게 담아낸 청소년시집. 청소년들이 지닌 '생기'를 유감없이 보여 주며 긍정과 희망의 메시지를 전한다.

★ 한국간행물윤리위원회 우수청소년저작 당선작   ★ 한국문화예술위원회 우수문학도서

### 41. 소희의 방 이금이 지음

이금이 작가의 대표작 『너도 하늘말나리야』의 후속작. 달밭마을을 떠나 재혼한 친엄마와 재회해 새 가족의 일원이 된 열다섯 소희의 욕망과 아픔을 다룬 성장소설이다.

★ 한국문화예술위원회 우수문학도서   ★ 한겨레·예스24 선정 청소년책 30선

### 42. 조생의 사랑 김현화 지음

조선시대를 배경으로 청년 '조생'이 청나라에 파견되는 연행사로 길을 떠나 사랑과 우정, 정의, 신념 등 삶의 진리를 깨달아가는 과정을 그린 청소년 역사소설.

★ 서울시교육청 남산도서관 사서 추천도서   ★〈아침햇살〉 선정 좋은 청소년책

### 43. 아버지, 나의 아버지 최우정 지음

위탁가정에 맡겨진 열여섯 살 연수가 자신의 친아버지를 찾아 떠나는 여정을 통해 진정한 자아 정체성을 확립해 가는 과정을 밀도 있게 그렸다.

★ 한국문화예술위원회 우수문학도서   ★〈아침햇살〉 선정 좋은 청소년책

### 44. 타임 가디언 백은영 지음

타임 슬립이라는 장치를 통해 개인과 사회에서 일어나는 현실의 문제들을 조명하는 본격 청소년 SF소설. 시공간을 뛰어넘는 구성과 예측할 수 없는 독특한 상상력을 맛볼 수 있다.

★〈아침햇살〉 선정 좋은 청소년책

### 45. 분청, 꿈을 빚다 신현수 지음

고려 최고의 사기장의 아들인 강뫼가 왜구 침입과 왕조의 변혁 등 극한 시대 상황 속에서 분청사기를 만들기까지의 과정을 흡인력 있게 그린 역사소설.

★ 대한출판문화협회 올해의 청소년도서   ★ 아침독서 청소년 추천도서

## 46. 방울새는 울지 않는다 박윤규 지음

5·18이라는 역사적 사건을 배경으로 그려지는 명창 소녀 '방울'과 고수 '민혁'의 안타까운 사랑 이야기. 슬픈 현대사를 정면으로 바라보고 올바르게 판단할 수 있는 용기를 준다.

★학교도서관저널 추천도서   ★한국문화예술위원회 우수문학도서

## 47. 악어에게 물린 날 이장근 지음

현직 중학교 교사인 시인이 청소년과 함께 호흡하면서 체험한 담백하고 직설적인 언어가 공감을 불러온다. 청소년들 질풍노도가 마음껏 활개 칠 수 있도록 기운을 북돋는 청소년시집.

★책따세 추천도서   ★대한출판문화협회 올해의 청소년도서   ★어린이도서연구회 청소년 권장도서

## 48. 찢어, Jean 문부일 지음

아르바이트, 집단 따돌림 등 청소년들이 공감할 수 있는 일곱 편의 이야기가 담겼다. 현실에 갇혀 사는 청소년들의 일탈을 유쾌하면서도 진정성 있게 담았다.

★아침독서 청소년 추천도서   ★한국문화예술위원회 우수문학도서

## 49. 불량한 주스 가게 유하순 외 지음

실수와 시행착오를 반복하다가 돌연 성장의 분기점을 지나는 청소년들의 '오늘'을 포착했다. 좌절과 반성의 언어조차 싱그러운 청소년들을 응원하게 만드는 네 편의 단편소설 모음.

★제9회 푸른문학상 수상작   ★아침독서 청소년 추천도서   ★네이버 북리펀드 선정도서

## 50. 신기루 이금이 지음

엄마와 엄마 친구들과 함께 몽골 사막 여행을 떠난 열다섯 다인이가 보낸 6일간의 여정을 통해 또 다른 생명의 고리로 순환되는 모녀 관계에 대한 고찰을 여행기 형식으로 그렸다.

★네이버 북리펀드 선정도서   ★서울시립어린이도서관 추천도서   ★아침독서 청소년 추천도서

## 51. 우리들의 매미 같은 여름 한 결 지음

섭식장애를 앓고 있는 모녀, 성추행, 보이콧 등 청소년들이 겪는 지독하게 뜨겁고 아픈 이야기가 담겨 있다. 청소년들이 자신 그리고 세상과 화해하는 여정을 솔직담백하게 그렸다.

★한국문화예술위원회 우수문학도서   ★네이버 북리펀드 선정도서

## 52. 모래시계가 된 위안부 할머니 이규희 지음

일본군 위안부로 끌려가 꽃다운 처녀 시절을 유린당한 황금주 할머니의 실제 이야기를 김은비라는 소녀의 이야기와 엮어 액자 형식으로 쓴 소설로, 일본어로도 번역 출간되었다.

★국제펜문학상 수상작   ★학교도서관저널 추천도서   ★경기도교육청 추천도서

## 53. 까레이스키, 끝없는 방랑 문영숙 지음

소련의 강제 이주 정책으로 시베리아 횡단 열차를 탔던 17만여 명의 까레이스키들의 고난과 역경, 도전과 설움을 절절하게 그린 역사소설이다.

★한국문화예술위원회 우수문학도서   ★아침독서 청소년 추천도서   ★한우리가 선정한 좋은 책

## 54. 나는 랄라랜드로 간다 김영리 지음

기면증을 앓는 소년과 그의 가족이 게스트하우스를 사수하기 위해 펼치는 소동을 재기 발랄하게 그렸다. 절망 속에서도 웃으며 싸울 줄 아는 청춘의 싱그러운 맨얼굴이 돋보인다.

★제10회 푸른문학상 수상작   ★아침독서 청소년 추천도서   ★한국문화예술위원회 우수문학도서

### 55. 열다섯, 비밀의 방 장미 외 지음

영혼의 도플갱어를 찾아 헤매는 외로운 청소년의 자화상이 네 편의 단편소설 속에 어우러져 있다. 청소년들의 내면의 목소리들이 조화롭게 어우러져 다양한 빛깔의 공명음을 들려준다.

★ 제10회 푸른문학상 수상작  ★ 경기도학교도서관사서협의회 추천도서

### 56. 눈썹 천주하 지음

암에 걸려 1년 4개월 동안 치료를 받던 열일곱 살 소녀가 일상으로 돌아온 뒤의 이야기를 담고 있다. 가족과 친구, 일상이 얼마나 가치 있는 것인지를 새삼 깨우쳐 준다.

★ 국립어린이청소년도서관 사서 추천도서  ★ 한국문화예술위원회 우수문학도서  ★ 아침독서 추천도서

### 57. 나는 지금 꽃이다 이장근 지음

청소년들의 삶을 제대로 들여다보고 마음을 헤아리는 시 창작 과정을 통해 나온 본격적인 청소년을 위한 시로, 삶이 점점 피폐해지고 있는 청소년들의 마음을 어루만져 준다.

★ 제8회 푸른문학상 수상작가  ★ 경기도학교도서관사서협의회 추천도서  ★ 학교도서관저널 추천도서

### 58. 우리들의 사춘기 김인해 지음

겉으로 잘 드러나지 않는 소년들의 감성을 날카롭게 포착하여 진솔하고 강렬하게 그려낸 '소년들을 위한' 소설집. 표제작을 비롯한 여섯 편의 단편청소년소설을 담고 있다.

★ 국립어린이청소년도서관 사서 추천도서  ★ 한국문화예술위원회 우수문학도서

### 59. 여우 소녀 미랑 김자환 지음

조선시대 임진왜란 발발 즈음의 여수 지방을 배경으로, 구미호에게 아버지를 잃은 묘남과 구미호의 딸 여우 소녀 미랑의 애틋한 사랑 이야기를 담고 있다.

★ 새벗문학상 수상작가

### 60. 얼음이 빛나는 순간 이금이 지음

아이와 어른의 경계에서 몸살을 앓던 두 소년이 5년 뒤 전혀 다른 풍경을 띠게 된 각자의 삶을 응시한다. 우연으로 시작해 선택으로 이루어지는 인생의 내밀한 진실을 담았다.

★ 윤석중문학상 수상작가  ★ 학교도서관저널 추천도서

### 61. 택배 왔습니다 심은경 지음

질풍노도를 겪는 청소년과 그를 둘러싸고 있는 가족, 친구, 사회의 풍경을 세밀하게 그린 여섯 편의 단편청소년소설을 담았다. 건강하게 자립하고 따뜻하게 소통할 줄 아는 인물들의 모습에서 희망을 엿볼 수 있다.

★ 한국문화예술위원회 우수문학도서  ★ 학교도서관저널 추천도서  ★ 아침독서 청소년 추천도서

### 62. 똥통에 살으리랏다 최영희 외 지음

팍팍한 사회 현실에 가로막힌 청소년들의 고민을 각기 다른 개성으로 그린 네 편의 단편청소년소설을 묶었다. 청소년 특유의 감성으로 부조리한 사회와 욕망을 관찰하고 풍자하는 이야기가 공감을 불러일으킨다.

★ 제11회 푸른문학상 수상작  ★ 아침독서 청소년 추천도서  ★ 국립어린이청소년도서관 사서 추천도서

\*〈푸른도서관〉 시리즈는 계속 나옵니다!